叶嘉莹／著

萧丽／书

几多心影
叶嘉莹讲十家词

北京大学出版社
PEKING UNIVERSITY PRESS

图书在版编目(CIP)数据

几多心影：叶嘉莹讲十家词 / 叶嘉莹著；萧丽书. — 北京：北京大学出版社，2020.1
ISBN 978-7-301-30780-9

Ⅰ.①几… Ⅱ.①叶… ②萧… Ⅲ.①词(文学) – 诗词研究 – 中国 – 古代②汉字 – 法书 – 作品集 – 中国 – 现代 Ⅳ.①I207.23②J292.28

中国版本图书馆CIP数据核字(2019)第198698号

书　　名	几多心影——叶嘉莹讲十家词 JI DUO XIN YING —— YE JIAYING JIANG SHI JIA CI
著　　者	叶嘉莹　著　　萧丽　书
责任编辑	徐丹丽　延城城　徐迈
标准书号	ISBN 978-7-301-30780-9
出版发行	北京大学出版社
地　　址	北京市海淀区成府路205 号　100871
网　　址	http://www.pup.cn　　新浪微博：@北京大学出版社
电子信箱	pkuwsz@126.com
电　　话	邮购部010-62752015　发行部010-62750672　编辑部010-62752022
印 刷 者	北京雅昌艺术印刷有限公司
经 销 者	新华书店
	700毫米×1000毫米　16开本　12.5印张　139千字
	2020年1月第1版　2021年1月第2次印刷
定　　价	88.00元

未经许可，不得以任何方式复制或抄袭本书之部分或全部内容。
版权所有，侵权必究
举报电话：010-62752024　电子信箱：fd@pup.pku.edu.cn
图书如有印装质量问题，请与出版部联系，电话：010-62756370

目录

温庭筠 01

韦庄 15

冯延巳 31

李煜 43

晏殊 59

欧阳修 75

柳永 89

苏轼 127

辛弃疾 155

朱彝尊 175

十讲精彩视频

温庭筠

● ● "词"是什么？

最早的时候，"词"，指的是配合歌曲来唱的歌词。中国最早的音乐叫作"雅乐"，然后是魏晋南北朝的清乐。隋唐时期，有很多外来的音乐传到中国，被称为"胡乐"。此外，随着佛教传入中国，佛教音乐也传了进来，俗称"法曲"。于是，中国的传统音乐，结合胡乐还有宗教音乐，产生了一种非常复杂、变化多端、结合了各种音乐特长的新兴乐曲——"燕乐"。随着这种音乐的流行，出现了很多为之填词的人，"词"的本义，指的就是这种歌词。由于这种音乐最初在民间流行，文辞不够典雅，所以为当时的士大夫所轻视，而后来这种俗曲的歌词却开始在文人中间有了地位、被重视，在很大程度上是因为最早的一个文人词作者，即温庭筠（字飞卿）。

五代十国的时候，后蜀的赵崇祚编了一本《花间集》，在序文中说"因集近来诗客曲子词"。所谓"诗客"的"曲子词"，就是说这一个集子所收录的是有文化修养的人为流行歌曲填写的歌词。

《花间集》里，温庭筠被排在第一位。由于温庭筠，词的价值、地位提高了。那么，他为什么会有这样的成就？

我现在要讲温庭筠的两面：一个是他浪漫的生活，一个是他关心朝廷政治的理想和志意。温庭筠词之奇妙，就在于它表面上写的是爱情，可还是无心地流露了作者本人对于朝廷的关怀和一个才智之士不得志的悲哀，这也是温庭筠为什么能够提高词的地位的一个重要原因。

温庭筠这个人，在一般人看来有些不务正业，因为他喜欢跟歌伎、酒女来往，为她们填写了很多歌词，但他毕竟还有读书人的理想和志愿。士当以天下为己任,在中国,不读书则已,一为读书人,就当为国家、天下做长远的谋划和打算。而温庭筠一方面虽然跟歌伎、酒女往来较多,可是一方面,他也关心政治。若打开温庭筠的诗集看一看,就可以看出他是很关心国家的政事的。可是那个时候的政治是什么样的呢?宦官专权、藩镇跋扈。

唐朝以科举取士,当时有一种考试的科目叫作"律赋"。考试的时候定出几个字来,考生要按照这几个字押韵,属于非常严格的一种考试。温庭筠很有才华,读书又很多,他进到考场,一叉手就作出一段赋,律赋不是八个韵字嘛,他八次叉手就八韵成,故此温飞卿有一个别号,叫"温八叉"。在考场里面,他自己写完了就帮这个人作一篇,帮那个人作一篇,被认为"士行尘杂"。所以他虽然很有才华,但是没有得到朝廷的重用。温庭筠说自己"有气干牛斗,无人辩辘轳"(《病中书怀呈友人》)。辘轳,是一把宝剑。他说,我的宝剑的光气上冲牛斗,可是没有人认识。

先讲他的一首代表作《菩萨蛮》:

小山重叠金明灭,鬓云欲度香腮雪。懒起画蛾眉,弄妆梳洗迟。 照花前后镜,花面交相映。新帖绣罗襦,双双金鹧鸪。

他写了十几首《菩萨蛮》,这是其中最重要的开端的一首。
"小山重叠金明灭",第一句就很有特色。"小山",是什么山?不是外面的山,小山是"屏山"。古代的床外面围了一个屏风,小山是指折叠的屏风。"小山重叠",像山一样的、折叠的屏风。"金明灭",屏风上有各种装饰,亮晶晶的,当第一缕日光照到这个装饰得金碧辉煌的小山屏时,日光闪耀,把床上的女子惊醒了。女子在枕头上一转头,就"鬓云欲度香腮雪"。"鬓"是两鬓的头发。我们常说鬓发如云,形容女子柔软的长发像黑色的乌云一样,所以是"鬓云"。"香腮",女子化妆用了很多香料、香粉,所以是"香腮"。"雪",是她"香腮"的颜色。"鬓云欲度",好像要"度",要遮掩过来。温庭筠还有另外一首词,"无言匀睡脸,枕上屏山掩"(《菩萨蛮》)。说一个女子刚刚醒,拿手揉一揉脸,她枕头外面是一个小的屏风。"懒起画蛾眉",这个女子慢慢地、懒懒地起了床,然后对着镜子梳妆,画她的眉毛。"弄妆梳洗迟",什么叫"弄妆"?张先有一名句"云破月来花弄影"(《天仙子》),"弄"是舞弄,有自我欣赏的意思。这个女子化妆的时候,描一描、看一看,自我欣赏一番。她的梳洗是慢慢进行的,不像我们现在赶着上班或者上课,总是匆匆忙忙。"弄妆梳洗迟",写一个美丽的女子早起化妆。

　　梳妆完了怎么样?"照花前后镜",她头上插了花,这花插得对不对呢?于是用两面镜子前后照一照。"花面交相映",前面的镜子里有花光人面,后面的镜子里也有花光人面,重重叠叠的镜影,重重叠叠的花光人面。这个女子化好妆了,"新帖绣罗襦","绣罗襦"是一件丝罗的绣花短袄。什么叫帖呢?"帖"字根据古人的用法有两种可能:一个是"熨帖",就是拿一个熨斗把衣服烫平了;另一个是说一种女红,叫"帖绣",把一个花样贴上,把旁边绣起来。总而言之,她是穿着一件非常讲究的罗襦,而且是刚刚熨帖的,或者刚刚帖绣的。那"罗襦"上绣有什么图样呢?是"双双金鹧鸪",一对一对的鹧鸪鸟。

这首词写一个闺中女子晨起化妆,有什么好处呢?温庭筠不同于韦庄,韦庄的感情是直接的,而温庭筠什么都没说。他是一个客观的观察者,展现出一幅图画。很多人都不喜欢温庭筠,喜欢韦庄,喜欢冯延巳,因为韦庄、冯延巳的主观感情在词中有很强烈的表现。温庭筠说的是什么?不知道。

清朝词学家张惠言说温庭筠的这首词,有屈原《离骚》一样的忠爱的寄托,是温庭筠感慨一个有理想的士大夫没有被认识和任用,所以"此感士不遇也"(《词选》)。他说:"'懒起'二字,含后文情事,'照花'四句,《离骚》初服之意。"温庭筠就写一个女子起来化妆,凭什么张惠言读出这么深刻的意思?真的有吗?很多人都不相信。他明明什么都没有说,怎么说是"感士不遇"?这里我们要说到一个文化传统的联想的作用。"懒起画蛾眉",为什么"懒起"?又为什么"画蛾眉"呢?这牵涉中国一个很古老的传统。"蛾眉"两个字本来出于《诗经·卫风》里的《硕人》,形容卫庄公夫人的美丽,写得非常妙,用了最朴素的比喻、最朴素的语言。眉毛怎么好看?像飞蛾的那两个触须。可是到《楚辞》,蛾眉的意思就变了。屈原说"众女嫉余之蛾眉兮,谣诼谓余以善淫"(《离骚》),他说那些女子嫉妒我的美丽——"蛾眉"代表女子的美丽——就在背后说我的坏话。"蛾眉",在屈原这里代表美好的才能和理想。于是,"蛾眉"就有了一个更深远的含义。李商隐有一首诗说"八岁偷照镜,长眉已能画"(《无题》),他是说,一个人从年轻的时候就有这么美好的品格和志意了。"画蛾眉",就是追求美好的才能和志意。"懒起"在中国也有一个传统。唐朝有一个诗人叫杜荀鹤,他有一首《春宫怨》,"早被婵娟误,欲妆临镜慵。承恩不在貌,

小山重叠金明灭，鬓云欲度香腮雪。
懒起画蛾眉，弄妆梳洗迟。

照花前后镜，花面交相映。
新帖绣罗襦，双双金鹧鸪。

《菩萨蛮》 飞卿词
己亥　萧丽

教妾若为容"，原诗有八句，这是前面四句。"承恩不在貌"，他说要得到皇帝的宠爱，不在于是不是有真正美丽的容貌，所以"早被婵娟误，欲妆临镜慵"，对着镜子懒得化妆，因为皇帝并不欣赏真正美丽的女子，他欣赏的是善于逢迎、投合他意思的女子。这就很奇妙了，就是这短短的五个字，"懒起画蛾眉"，"蛾眉"有含义，"画蛾眉"有含义，"懒起画蛾眉"也有含义。"弄妆梳洗迟"就是"欲妆临镜慵"。我化妆给谁看？现在的皇帝不认识真正的美丽，所以"懒起画蛾眉，弄妆梳洗迟"。

这首词被张惠言这么一讲，有了很丰富的含义，但是大家不相信，说温庭筠这么一个生活浪漫的、浪子型的人，哪里会有这样的志意？

我们来看一个温庭筠出的布告。什么布告呢？《榜国子监》。温庭筠在国子监里面当助教，既然是助教，就要帮忙看学生的作业。批改作业的时候，他把学生的诗文抄写出来，贴一个大布告，说他的诗词写得好，"识略精微"，有见识，有谋略，而且见识谋略非常高深、非常细致，"堪裨教化"。如果任用他，将来对国家的教化是有用处的。接着他说，"声词激切，曲备风谣"，这位学子批评朝廷的政治，言辞激烈，跟《国风》一样，诗里面有关心、讽刺朝政的意思，所以是很好的。故此"不敢独专华藻"，不敢一个人看这些美好的诗，我现在贴一个大布告，大家都来欣赏。从中可见，他欣赏的是有理想、有志意的人。因为，他也是这样的人。他的私人生活有的时候浪漫，但他有一个政治理想。唐文宗太和九年（835），有一些朝廷大臣为改变宦官专权的局面，密谋诛灭宦官，结果没有成功，反而这些朝廷大臣有几百人被杀死，史称"甘露

菩薩蠻

小山重疊金明滅，鬢雲欲度香腮雪。懶起畫蛾眉，弄妝梳洗遲。

照花前後鏡，花面交相映。新帖繡羅襦，雙雙金鷓鴣。

己亥 蕭嫻麗 飛卿詞

之变"。"甘露之变"中，宰相王涯被杀，温庭筠写了一首诗来悼念他。后宫的斗争中，庄恪太子暴病而卒，他也写了悼念庄恪太子的诗。所以温庭筠的词很妙，表面上写一个闺房的女子，但是确实可能有张惠言所说的寄托的含义。

下面还有一首词，也是《菩萨蛮》：

水精帘里颇黎枕，暖香惹梦鸳鸯锦。江上柳如烟，雁飞残月天。　藕丝秋色浅，人胜参差剪。双鬓隔香红，玉钗头上风。

"水精帘里颇黎枕，暖香惹梦鸳鸯锦。"俞平伯曾经写过一篇文章，他说这两句词，无论知与不知、识与不识，皆知是好言语。"水精帘里颇黎枕"，同样写闺房之中的女子，这个女子枕的是"水精"。"水精"，是寒冷的，李白的"却下水精帘，玲珑望秋月"（《玉阶怨》），正是写出了诗人心中那种寒冷孤独的感觉。"暖香惹梦"，我住在温暖的香闺之中，外面的环境尽管凄清寒冷，但是暖香之中我的梦是温暖绮丽的。"暖香惹梦鸳鸯锦"，我是睡在鸳鸯的锦缎上，外在的环境是那么孤独寒冷，我却有这么温暖的、美丽的鸳鸯梦。"江上柳如烟，雁飞残月天"，春天来了，江边杨柳的枝条上隐隐的一些烟霭朦胧的绿色出来了，大雁从南向北飞了，大雁回来的时候，那远行的人回来了吗？李清照也说，"雁字回时，月满西楼"（《一剪梅》）。温庭筠写闺房之中女子的相思、怀念：月亮西沉，我彻夜无眠，我在相思，我在怀念，我在"暖香惹梦"的"鸳鸯锦"里面对着"水精帘里"的"颇黎枕"。

"藕丝秋色浅，人胜参差剪"，这个女子穿的是什么呢？刚

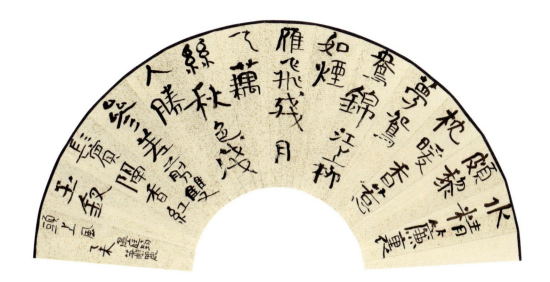

水精帘里颇黎枕,暖香惹梦鸳鸯锦。
江上柳如烟,雁飞残月天。

藕丝秋色浅,人胜参差剪。
双鬓隔香红,玉钗头上风。

温庭筠
乙未 萧丽

才那个女子是"新帖绣罗襦",这个女子穿的是像藕丝一样轻薄的纱罗。"藕丝"是它的质地,"秋色"是它的颜色。"秋色",我想大概是一种介乎黄绿之间的颜色。什么叫"人胜"呢?我们中国旧传统的习俗认为,正月的前七天代表家宅之中的七种生命,一鸡二狗三猪四羊五牛六马七人。比如第一天如果天气好,是你家里鸡养得好。正月初七叫"人日",这一天如果天气好,代表你家人都平安幸福。过去有一个习俗,人日的时候,女孩子用彩色的丝绸、丝绒剪出各种花样,比赛谁剪的花样最美丽。人日代表对远人的怀念,这个女子,相思远人。"双鬓隔香红,玉钗头上风",这女子"双鬓"中间插一朵有香气的红花,走出来的时候,一阵春风从她的鬓发之间吹了过去。温庭筠是唯美的,他写的还是一个孤独寂寞的女子的相思怀念。古人以为美丽的女子没有一个男子的爱护,就如同一个有才华的文人志士得不到朝廷的任用和欣赏。这是温庭筠的两首《菩萨蛮》。

再看温庭筠两首很短的小令。

第一首《南歌子》,写古代闺房中的女子:

手里金鹦鹉,胸前绣凤凰。偷眼暗形相。不如从嫁与,作鸳鸯。

温庭筠善于利用声音和形象。手里面托着的是金鹦鹉,胸前绣的是凤凰,意思是说,我本身具有这样美好的才智而等待一个人。所以,"偷眼暗形相",有一个男子,我不敢公然去看,就偷偷地斜着眼睛,看一下。"不如从嫁与",我真是欣赏这个男子。"作鸳鸯",我愿意托身嫁给他。

下一首《南歌子》:

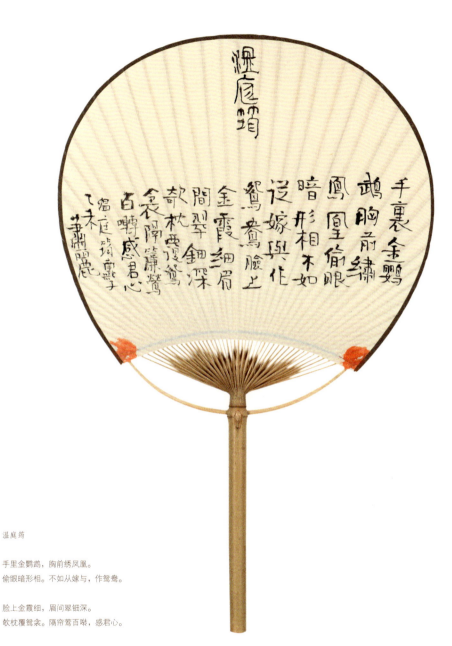

温庭筠

手里金鹦鹉,胸前绣凤凰。
偷眼暗形相。不如从嫁与,作鸳鸯。

脸上金霞细,眉间翠钿深。
欹枕覆鸳衾。隔帘莺百啭,感君心。

温庭筠 《南歌子》
乙未 萧丽

鬟堕低梳髻，连娟细扫眉。终日两相思。为君憔悴尽，百花时。

"鬟堕低梳髻"，古代女子梳的头发，有各种花样，有一种髻叫"鬟堕髻"，把头发斜斜地偏在一边，垂下来。如果是高髻、高梳，代表这个女子的身份很高贵，高不可攀。可是这个女子的髻是随便斜在一边的，代表这个女子有一种浪漫的感情。"连娟细扫眉"，眉毛描得细细的、长长的。"终日两相思"，我整天都在怀念我所爱的这个人，"为君憔悴尽，百花时"，我每天在相思怀念，可是你为什么一直没有回来，你为什么不回来？百花盛开，春光如此美好，却被我们辜负了，春光转眼就流逝了。也正如同一个有才志的人，不得赏用，年华转眼就流逝了。所以温庭筠写闺中思妇美女的词，也往往可以给人一种才士不得志的联想。

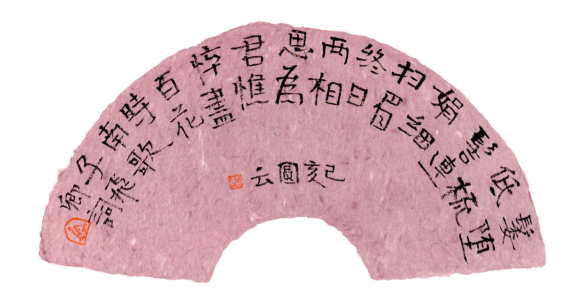

鬓堕低梳髻,连娟细扫眉。
终日两相思。为君憔悴尽,百花时。

《南歌子》 飞卿词
己亥　圆云

——韦庄

● ● 韦庄是晚唐有名的诗人、词人。

　　唐僖宗的时候,韦庄去长安赶考,适逢黄巢起义,未果,而且还生了病。他那首很有名的七言古风《秦妇吟》,就是在那个时候写的,从"内库烧为锦绣灰,天街踏尽公卿骨"等句,不难看出变乱过后的长安是一番怎样的景象。于是他离开长安,游历江南。战乱平定后,他再次赴考,一举得中。那一年,他五十九岁。后来奉使入蜀,西蜀节度使王建很欣赏韦庄的才干,请他做了掌书记。唐朝灭亡,朱温做了皇帝,王建随后也在西蜀自立为帝,任命韦庄为宰相,此时韦庄已经七十二岁。

　　晚年的韦庄,在西蜀有时候会想到已经灭亡的唐朝,也会回忆起当年在长安的种种情事。这五首《菩萨蛮》,就是在此心境下所作的。这五首词,次序不可以颠倒,极似杜甫的《秋兴八首》,从第一首到最后一首,是有一定次序的。

> 红楼别夜堪惆怅,香灯半卷流苏帐。残月出门时,美人和泪辞。　琵琶金翠羽,弦上黄莺语。劝我早归家,绿窗人似花。

　　这是第一首。"别""出"这两个字是入声字,凡是入声字,都是短促的仄声。

　　"红楼别夜堪惆怅",他从当年离开长安的时候开始回忆。"红楼别夜",就是回忆当年在小红楼里离别的那个夜晚。"红楼",是一个温馨而美丽的地方,然而那却是在一个离别的夜晚。所以他说"堪惆怅",要离别的人满怀着惆怅的感情。"香灯半卷流苏帐",有"红楼",有"香灯",有"流苏帐",如果时值太平、安乐的光景,他们两个人本来可以在流苏帐里享受他们的美丽春宵。可是，因为现在要离别了，所以帐子是卷起来的，"香灯半卷流苏帐"。"残月出门时"，天将破晓，也就是到了离人要上路的时候。"美人和泪辞"，他所爱的那个女子，"和泪"跟他告别。这个"和"字，不是温和，是伴随的意思。

这个女子是会弹琵琶的，她抚曲作别，为他送行。"琵琶金翠羽，弦上黄莺语"，就是说，那个美人在有"金翠羽"装饰的琵琶上，弹出来的声调如黄莺鸟的叫声那样流丽婉转。那么，伴随着琵琶的声调，美人要说的话是什么呢？是"劝我早归家，绿窗人似花"。在古代，不管是做官求仕，还是做买卖做商人，男人是要出门的，不能株守家园。而女子呢，是一定不可以出门的，所以中国古代的这种环境，注定了女子永远做思妇。"劝我早归家，绿窗人似花"，所以这个女子就劝他，在那个美丽的绿纱窗下，要记得有一个像花一样美丽的人在等待你归来。"人似花"三个字有两层意思：一个意思是说，我似花一般美丽，你难道不怀念吗？言外之意，你当然应该怀念，你当然也应该回来；第二个意思是说，花是很容易凋零萎落的，女子的美貌也是很短暂的，如果过了很久你才回来，就算人还在，也不再是现在的花容月貌了。

　　人人尽说江南好，游人只合江南老。春水碧于天，画船听雨眠。　垆边人似月，皓腕凝霜雪。未老莫还乡，还乡须断肠。

"人人尽说江南好，游人只合江南老"，离别以后他到哪里去了呢？在《秦妇吟》那一首长诗里边，他就说有人从江南来，说江南的风景很好，所以他就离开了长安，来到了江南。第二首就是韦庄写自己离别了那个红楼的女子,离开了那个满是战乱的北方,来到了江南。"说""合"是入声字。北方是如此变乱,江南是如此安定,所以人人都说江南真是美好。大家都劝他,你这个远游的人,离开故乡到江南来的人,就应该在江南终老,不要再回到北方去了。这个"合",是应该的意思。

那么江南究竟怎么个好法呢?"春水碧于天,画船听雨眠。"江南的风景好,"春水碧于天",江南的春水跟天一样蓝;"画船听雨眠",在"画船"上听着打篷窗的春雨安眠。江南岂止风景好,江南的人物更好。"垆边人似月,皓腕凝霜雪",不但有美丽的风景,还有美丽的女子。"垆"是什么呢?"垆"是卖酒的酒垆,古代酒家用土筑成的高台,用以储酒。所谓"文君当垆",就是说卓文君当年在酒垆旁边卖酒。"垆边人似月",在酒垆边上的那个女子光彩照人,一看她就觉得眼睛一亮,像天上的明月一样美丽。因为她是卖酒的女子,要给人打酒、盛酒,手腕是露出来的,"皓腕凝霜雪",她的手腕像霜雪一样洁白。

"未老莫还乡,还乡须断肠",别人都劝说韦庄,说你还很年轻,应该在江南多游玩一些时间。如果选择还乡,注定会"断肠",因为你的故乡现在是一片战乱,所以还是不要回去的好。

> 如今却忆江南乐,当时年少春衫薄。骑马倚斜桥,满楼红袖招。　翠屏金屈曲,醉入花丛宿。此度见花枝,白头誓不归。

"如今却忆江南乐,当时年少春衫薄。"韦庄说,当年在江南的时候,别人劝我留在江南,但是我不肯,我当时心心念念想的都是要回到故乡去。他说我现在才知道,当我终老四川连江南都回不去的时候,"如今却忆江南乐"。"当时年少春衫薄",当时我还很年轻,穿着美丽的春服。"骑马倚斜桥",一个年轻人骑着马,在斜桥上。白居易亦有诗"妾弄青梅倚短墙,君骑白马傍垂杨。墙头马上遥相顾,一见知君即断肠"(《井底引银瓶》)。为什么是斜桥?因为桥总是弯的,所以是"骑马倚斜桥"。"满楼红袖招",韦庄年少多才,他的《秦妇吟》传遍天下,被不少人写在锦缎做的帐子上作为装饰品,人家称他"秦妇吟秀才"。"满楼红袖招",因为年少有才,有名,所以会有那么多的女子钟情于他,她们挥弄着红袖,邀他上楼。古人常常用男女的感情比喻君臣、知己,所以也有人说这句可以理解为,当年在江南的时候,可能也有人想要把韦庄留下来。

"翠屏金屈曲,醉入花丛宿。"他说那个美丽的女子,她住的地方有翡翠装饰的屏风。"金屈曲"怎么解释呢?因为屏风是折叠的,所以上面有一个可以转折的环钮,"翠屏金屈曲"指的就是翠屏上有黄金的屈曲。"醉入",当时他喝醉酒,因为红楼之上有那么多美女,因此就是"花丛宿"。"花丛",不只是花,也是美丽的女子。尽管如此,当时我还是一心想要还乡,即便现在不回去,老了之后也还是要还乡的。但这都是回忆。"此度见花枝",现在他说,如果我再见到美丽的花枝,如果再有人挽留我,"白头誓不归"。就是说,我老了也不回去了,而且立誓永远不回去了。

词本来是写给歌女唱的歌词,不带有作者主观的感情,但是从温庭筠开始到韦庄、冯延巳、李后主,词人的感情越来越强烈。本来只是歌词,现在是言志的诗篇,从温庭筠到韦庄是一个转折。"此度见花枝,白头誓不归",这是韦庄词的语言特色,

▶
红楼别夜堪惆怅,香灯半卷流苏帐。
残月出门时,美人和泪辞。

琵琶金翠羽,弦上黄莺语。
劝我早归家,绿窗人似花。

韦庄《菩萨蛮》一首
乙未　萧丽

▶
如今却忆江南乐,当时年少春衫薄。
骑马倚斜桥,满楼红袖招。

翠屏金屈曲,醉入花丛宿。
此度见花枝,白头誓不归。

韦庄
己亥　萧丽

非常直接、明白、主观。

　　劝君今夜须沉醉,樽前莫话明朝事。珍重主人心,酒深情亦深。　　须愁春漏短,莫诉金杯满。遇酒且呵呵,人生能几何?

　　"劝君今夜须沉醉,樽前莫话明朝事。珍重主人心,酒深情亦深。"当年说"未老莫还乡",后来说"白头誓不归",现在留在异地他乡,真的回不去了,因为这里的主人对我很好。说"劝君今夜须沉醉",有这么好的主人举着满杯的美酒对我说,你今天真是应该饮酒,真是应该沉醉。"樽",就是盛酒的酒杯。"樽前莫话明朝事",对着酒杯你不要说以后怎么样,不要说你多少年后的事情。其实韦庄这时感到非常悲哀,"劝君今夜须沉醉,樽前莫话明朝事",其实是说他根本就没有一个美好的明天可以期待和盼望。因为唐朝灭亡,他已经无家可归了。"珍重主人心,酒深情亦深",有这么好的主人留我,有这么深重的感情,主人给我的这一杯美酒代表他深深的情谊。这个"主人"我以为他指的是王建,因为王建确实欣赏韦庄的才华,而且请他做了西蜀的开国宰相。

　　"须愁春漏短",你应该烦恼的是这个美丽的夜晚太短了。为什么说是"漏"呢?"漏"是更漏,古人记时间是用一个铜壶滴水,下边有一个容器,容器上面有刻度,记着过了多少时间。"莫诉金杯满",你不要说我给你斟的酒太满了。"须愁春漏短,莫诉金杯满",这是主人说的话。"遇酒且呵呵","且呵呵"这三个字用得真是好,把那种强颜欢笑的悲哀,用这么空洞的几个字表现出来了。韦庄的内心是悲哀的、痛苦的,

他根本笑不出来，他的笑不是真的笑。可既然有这么好的主人、这么好的美酒，表面上还是要"遇酒且呵呵"。"人生能几何"，人生苦短，今天有酒就今天醉，那就享受今天的美酒吧。韦庄留在西蜀，当他做宰相的时候已经七十多岁了，难道他真的把当年红楼里如花的美人都忘掉了？

　　洛阳城里春光好，洛阳才子他乡老。柳暗魏王堤，此时心转迷。　　桃花春水渌，水上鸳鸯浴。凝恨对残（一作斜）晖，忆君君不知。

　　这五首词是承续的、前后呼应的。"洛阳城里春光好，洛阳才子他乡老"，唐朝的时候长安是西都，洛阳是东都也是陪都，韦庄当年常常在长安、洛阳之间来往。"洛阳才子"，就是韦庄，人称"秦妇吟秀才"，他的诗流遍天下。洛阳有什么样的美景呢？"柳暗魏王堤"，洛阳城外有一条河，河的堤岸叫作魏王堤。水边的堤岸上，杨柳已经如此之茂密了，"暗"就是说柳树的枝叶非常浓密。这是我的怀念，这是我的回忆，我回忆起当年的洛阳美景，于是"此时心转迷"。现在回不去了，我只有怀着满心的困惑、满心的迷惘、满心的怀念。

　　"桃花春水渌，水上鸳鸯浴"，这个"浴"字也是入声字。现在不是洛阳的春天了，不是"柳暗魏王堤"了。现在的桃花、现在的春水是哪里？是四川。锦江，也是非常美丽的，他现在已经回不了故乡了，只有留在西蜀，在西蜀终老了。"桃花春水渌"，桃花开的时候，锦江的春水如此之美丽。"水上鸳鸯浴"，在那边水里的是一对一对的鸳鸯。据说鸳鸯这种鸟一生只有一个配偶,它绝不找第二个配偶。看到这里的"桃花春水渌"以及水上一对一对的鸳鸯,那么我当年所爱的那个红楼的女子呢?劝我早归家的那个女子呢?"凝恨对残晖,忆君君不知",我满心的离愁别恨,对着落日的残晖,难道忘记了那红楼的女子?没有,我现在像从前一样怀念你,一样爱你,可是无从证明,无从告诉。我不知道你现在在哪里,我不知道怎么样能够回去见到你,我们已经完全隔绝了,故乡、故国已经完全败亡了,我再也回不去了,所以说是"凝恨对残晖,忆君君不知"。

桃花春水渌

己亥 萧丽

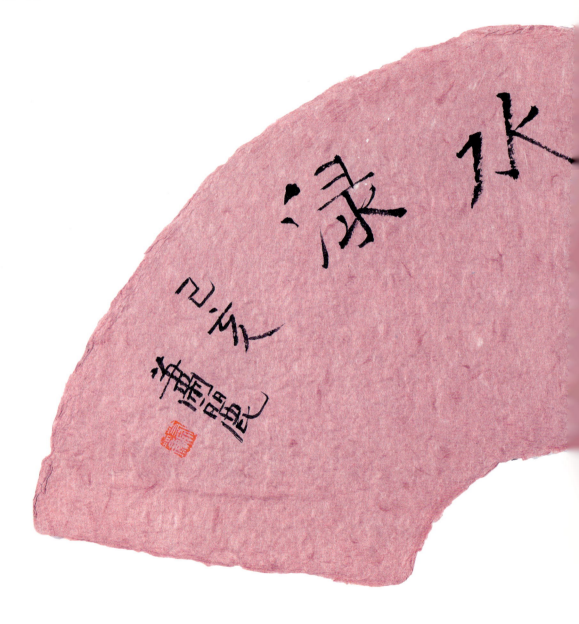

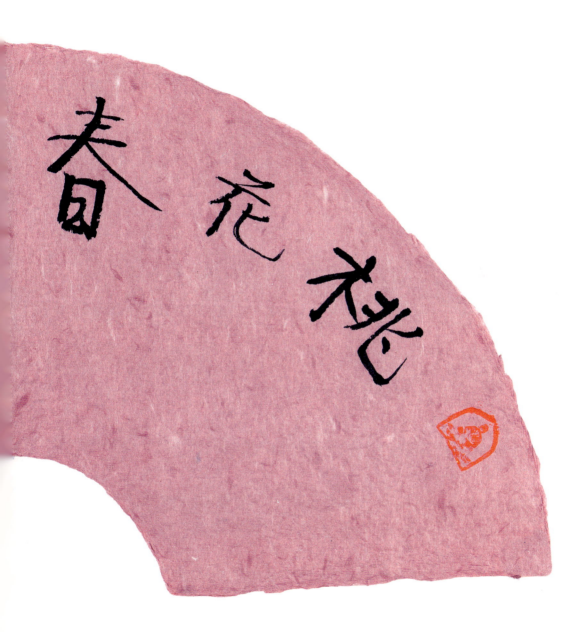

▶
夜夜相思更漏残,
伤心明月凭栏干,
想君思我锦衾寒。

咫尺画堂深似海,
忆来唯把旧书看,
几时携手入长安?

韦端己善为淡语,气古使然
乙未　萧丽

夜夜相思更漏殘,傷心明月憑欄干,想君思我錦衣寒。

咫尺畫堂深似海,憶來唯把舊書看,幾時攜手入長安。

古辭端己善為淡語氣古使然
乙未 蕭開麗

韦庄

洛阳城里春光好,洛阳才子他乡老。
柳暗魏王堤,此时心转迷。

桃花春水渌,水上鸳鸯浴。
凝恨对斜晖,忆君君不知。

乙未 萧丽

韦端己

记得那年花下,深夜,初识谢娘时。
水堂西面画帘垂,携手暗相期。

惆怅晓莺残月,相别,从此隔音尘。
如今俱是异乡人,相见更无因。

乙未 萧丽

——冯延巳

● ● 词都有一个牌调,因为所谓词本来是歌词的词,就是配合音乐歌唱的歌词,所以我们叫它"词",跟叫"诗"的意思是不一样的,诗是言志的,词就是配合音乐歌唱的歌词。每篇歌词的前边都有一个名称,那个不是题目,而是音乐的乐曲的牌调,冯延巳的这两首都是属于《鹊踏枝》的一个牌调,所以《鹊踏枝》是音乐的牌调,不是题目。但是这个《鹊踏枝》的音乐的牌调,还有另外一个名字——《蝶恋花》,是同样的一个曲调。

温庭筠也写了很多首词,他是晚唐五代的《花间集》收录的最早的一个词人。从温庭筠发展下来,又经历了韦庄、冯延巳。王国维说:词到了冯延巳,是"堂庑特大"(《人间词话》)。就是说如果把词比作一个建筑,有大堂,有两廊的厢房,冯延巳词的规模是很大的。不像温庭筠、韦庄的小词那样比较简单,温庭筠就写一个女子化妆,韦庄写他自己在战乱之中流离的一种悲哀,亡国的悲哀。像韦庄的小词,说"人人尽说江南好,游人只合江南老",说"昨夜夜半,枕上分明梦见",主观的感情非常强,而且他所说的那个感情都有具体的情事。到了冯延巳有一个开拓,非常奇妙的一点,就是他不像温庭筠只写一位女子的外表,"懒起画蛾眉",也不像韦庄是写一种很具体的感情。我们把它念一遍:

谁道闲情抛掷久,每到春来,惆怅还依旧。日日花前常病酒,不辞镜里朱颜瘦。 河畔青芜堤上柳,为问新愁,何事年年有。独立小桥风满袖,平林新月人归后。

这首词写什么故事他没有说明,"谁道闲情抛掷久",他说的是"闲情",没有说我是破国亡家、怀念故乡。什么叫作闲情呢?

冯延巳

谁道闲情抛掷久,每到春来,惆怅还依旧。
日日花前常病酒,不辞镜里朱颜瘦。

河畔青芜堤上柳,为问新愁,何事年年有。
独立小桥风满袖,平林新月人归后。

乙未　萧丽书

就是你生活中一有空闲，就有一种情绪涌到你内心里来。你无缘无故地内心有一种惆怅或者悲哀的感觉，不是为了某一个具体的人或者事情。他说，我觉得我应该把这个闲情抛弃，所以我就尝试，把闲情抛掷，不要每天无缘无故就伤感，这何必呢？我努力了很久，"闲情抛掷久"。可是他用两个字就都打回来了，是"谁道"闲情抛掷久。我曾经努力抛掷我的闲情，结果发现我没有抛掷掉。为什么知道我没有抛弃掉？因为我"每到春来，惆怅还依旧"，每一年，只要春天一来，我内心就有一种惆怅的感觉。所以他用的字都是很模糊的，什么是闲情？是离别吗？他没有说。什么是惆怅？他没有说。为什么惆怅？他也没有说。就是你内心之中，无缘无故地好像有所追求，又有所失落，又总是抓不到一个东西。所以我尝试努力抛弃我的闲情，是"谁道闲情抛掷久"，因为"每到春来"，我的那种感伤的感觉"惆怅还依旧"，它就又回来了。在这种惆怅的闲情之中，他"日日花前常病酒，不辞镜里朱颜瘦"。冯延巳说得好，每当花开的时候，我就在花前饮酒，饮到什么程度呢？饮到"病酒"。就是说不但喝到沉醉，而且有了一种身体不舒服的感觉，可是仍然每天在花前饮酒，"日日花前常病酒"。关于这一点，其实我可以引杜甫的两句写伤春的诗。他说，春花已经落了，因为花落我才饮酒，但今天还有花开，所以我也要为这个花开而饮酒，因为我不忍心看到这么美丽的花就落了，"且看欲尽花经眼，莫厌伤多酒入唇"（《曲江二首》之一）。古代诗人用字用得好，他说"且看"，明天可能就没有花开了，你就暂且多看它们一眼吧，今天亲眼看见它们一片一片地飘零，你难道不为花伤感吗？所以"且看欲尽花经眼"，怎么能够忍受这种悲哀和惆怅？所以我"莫厌伤多酒入唇"，我不要厌倦，不要推辞，我还是喝酒入唇。"伤多"，尽管酒已经把我伤着了，我已经喝得太多了，但我不推辞，而只怨花落得太快了。冯延巳跟杜甫的感情很接近，所以他说"日日花前常病酒，不辞镜里朱颜瘦"。"不辞镜里朱颜瘦"，也是很妙的一种感觉。花前常病酒，因为花不常在，我不看它，我不饮酒，它就落了，我为了伤春，为了病酒，我的朱颜憔悴了，我消瘦了，我不是不知道我的消瘦，我对着镜子清清楚楚看到我是憔悴消瘦了，但我不推辞。有的人因为怕对身体不好就停止了喝酒，但冯延巳说我知道，我镜里朱颜瘦，我被酒伤害了身体，但是我不辞，我宁可伤害身体，也一定要面对着将落的花为它饮一杯酒。"日日花前常病酒，不辞镜里朱颜瘦"，这就是冯延巳的一个绝大的不同，他没有具体说出他的感情，但是他的感情千回百转地在他内心盘旋，这是冯延巳词最大的好处。

那么什么是"每到春来，惆怅还依旧"？春来什么事情使你惆怅还依旧呢？所以下边一阕他就接着说了，"河畔青芜堤上柳"，你看那岸上的青草又绿起来了，像欧阳修说的，"千里万里，二月三月，行色苦愁人"（《少年游》），你看那个青草，一片一片地绿到天边，那远行的人再也没回来，"河畔青芜堤上柳"，柳条冬天的时候憔悴了，柳枝断了，春天的时候，五九六九沿河看柳，就会马上感觉到柳条柔软了，它不像冬天那么僵硬了。你虽然看不到它的叶子，但像现在我们隐约之间可以看到有一片绿色了，春天来了，你看到河畔的青草，你看到堤上的柳条，就是当青草生的时候，等柳条绿的时候，当春天来的时候，我的忧伤，我的惆怅就回来了，所以"为问新愁，何事年年有"，你去年有过的愁今年又回来了，所以是新愁。为什么年年的春天都会引起你的一片忧愁呢？"独立小桥风满袖，平林新月人归后"，我就带着我满心的惆怅,那种闲愁,一个人站在桥上。人应该是在屋子里边居住的,桥是给人家过路,不是给人停留的,但是我一个人就站在那座小桥上。独立小桥,任凭桥——桥不是房间,所以它没有遮拦——四面的寒风都吹到我的身上。古人宽袍大袖,风吹得我满袖子寒风,我"独立小桥风满袖"。我在小桥上站了很久,直到"平林新月",远远的一排树林,树林上月亮慢慢升起来了,路边桥上所有的人都回家了,我一个人还站在这里,"独立小桥风满袖,平林新月人归后"。这是冯延巳的感情,千回百转、缠绵悱恻的,是什么,他没有说。是为了离别?为了一个女子?都不是,这就是我内心的惆怅和哀伤。

  为什么冯延巳内心有这种摆脱不掉又说不清道不明的惆怅和哀伤呢?因为冯延巳是一个非常不幸的词人。一个人从一出生,就注定了悲剧的命运,天下有这样不幸的人吗?有,冯延巳,他生来就注定是个悲剧人物。孟子说:"颂其诗,读其书,不知其人,可乎?"(《孟子·万章下》)欣赏一个作家,要对这个作家的时代背景都有所了解。冯延巳生来就是不幸的人,因为他生在南唐,南唐是一个小国,开国君主叫李昇,冯延巳的父亲冯令颜是他最重要的一个大臣。冯延巳生下来就跟南唐前主李昇的儿子李璟——也就是南唐的中主一起交游。他生在一个必亡的国家,跟必亡的国君结合得这么密切,他跟中主从小就是很好的朋友,中主做了皇帝,他就做了宰相。南唐走向灭亡,他作为一个宰相有能力把南唐的危亡挽救回来吗?他没有这个能力而却生在这个国家,所有朝廷上的人,有主战的,有主和的,所有的箭头都指在他身上,所有的责任都担在他身上。冯延巳无可告诉,无可推托,无可言说,所以才会写出这样的词来,这是我们讲的第一首词。

他写了好多首《鹊踏枝》，现在我们看他另外一首，我们还是先读一遍。不是吟诵，读的时候，要把词的情调、感情，把它的声音的美跟感情的曲折读出来，先不说吟诵。"梅落繁枝千万片，犹自多情，学雪随风转。"这是冯延巳的感情，千回百转、婉转曲折，也是他的特色。他说梅花落了，从那最繁茂的枝头，千万片飘落了，这真是悲剧，可是他更进一步说，因为梅花的花片很小，所以在空中会舞动，所以"梅落繁枝千万片"。不像木兰花，好大的一片，"嘣"一下就掉地上了。梅花虽然落了，但好像仍然是多情的，在空中随着风还要舞动出一个美妙的姿态，所以"学雪随风转"。

"昨夜笙歌容易散，酒醒添得愁无限。"他说笙歌、听歌、看舞、饮酒，这种欢乐是非常短暂的，笙歌会过去，晚间的宴会也会过去的，所以昨夜笙歌转眼就消失散去了，"昨夜笙歌容易散"。笙歌没有了，酒筵也没有了，朋友都散去了，"酒醒添得愁无限"，当我喝酒喝醉了，酒醒过来，人去楼空，歌舞都没有了，我酒醒的时候，添得愁无限。我满心都是悲哀，都是忧伤，都是愁苦，"酒醒添得愁无限"。那我在房间里边，人去楼空，我这样痛苦，所以我就出去，到楼外看一看，看到"楼上春山寒四面，过尽征鸿，暮景烟深浅"。我到了楼上，举目四望，"楼上春山寒四面"。四面都是春山，而在早春的季节，那山色是如此寒冷，而且四围山色把我这个小楼包围在中间，所以说"楼上春山寒四面"。我一个人是孤独的，我一个人是寂寞的，我在想：在人间，我可以找到一个伴侣吗？我可以得到一个消息吗？所以"过尽征鸿，暮景烟深浅"。古人说鸿雁可以传书，春天征鸿正在远行。从南向北飞，一片一片，一队一队。当鸿雁都飞走了的时候，你所等待的音讯还没有来，而苍然暮色，自远而至，远山已经落入一片迷蒙的烟霭

梅落繁枝千万片，犹自多情，学雪随风转。
昨夜笙歌容易散，酒醒添得愁无限。

楼上春山寒四面，过尽征鸿，暮景烟深浅。
一晌凭栏人不见，鲛绡掩泪思量遍。

谁道闲情抛掷久，每到春来，惆怅还依旧。
日日花前常病酒，不辞镜里朱颜瘦。

河畔青芜堤上柳，为问新愁，何事年年有。
独立小桥风满袖，平林新月人归后。

冯正中 《鹊踏枝》

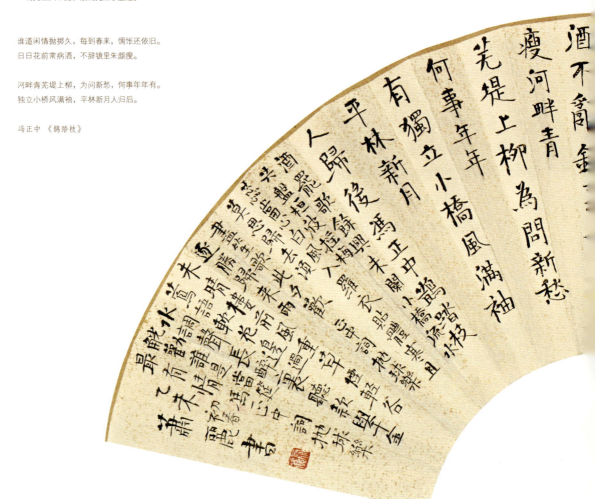

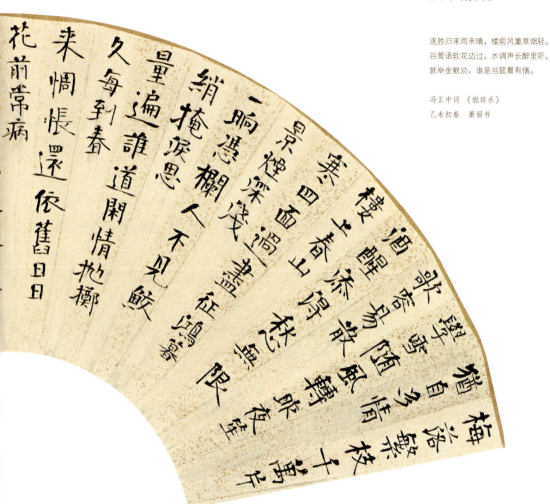

酒罢歌余兴未阑,小桥流水共盘桓。
波摇梅蕊当心白,风入罗衣贴体寒。
且莫思归去,须尽笙歌此夕欢。

正中词 《抛球乐》

逐胜归来雨未晴,楼前风重草烟轻。
谷莺语软花边过,水调声长醉里听。
款举金觥劝,谁是当筵最有情。

冯正中词 《抛球乐》
乙未初春 萧丽书

之中了,所以"过尽征鸿,暮景烟深浅",远处你看不清楚,那烟就像是深一点,近处比较清楚,烟就像是浅一点,但不管是远景、近景,都没入一片烟霭之中了,我所期待的人没有来。

"一晌凭栏人不见",这个"一晌"的释义有两种可能,时间短暂或时间很长,这里是长的意思。"凭栏",我靠在栏杆上,靠着栏杆是因为我有所期待。"一晌凭栏",我在这里凭栏,期待了很久,征鸿都已经过尽了,暮烟都已经笼罩远近了,但我所期待的人没有来。"一晌凭栏人不见",所以"鲛绡掩泪思量遍"。"鲛绡"是中国的一个传说,说海底有"鲛人",像鱼一样,泣泪可以成珠,而且鲛人会织布,可以织出鲛绡,很薄,很美丽,像丝织品一样。他说我就拿这种丝织的手帕掩泪,不是说总是擦拭,而是摁一摁,"鲛绡掩泪"。我等待的人没有来,我用"鲛绡掩泪"思量遍,我千思万想地盼望,人没有到来。

我们讲了两首冯延巳的《鹊踏枝》,它们是非常有名的词,因为冯延巳的感情真的是千回百转,而且没有明白地直说,那么我们现在既然讲了两首《鹊踏枝》,就把刚讲过的这一首吟诵一遍吧,我就不再读了,就吟诵。

梅落繁枝千万片,犹自多情,学雪随风转。昨夜笙歌容易散,酒醒添得愁无限。　楼上春山寒四面,过尽征鸿,暮景烟深浅。一晌凭栏人不见,鲛绡掩泪思量遍。

"一晌凭栏人不见,鲛绡掩泪思量遍。"可以把它重复几次,就有余音不绝的感觉。

梅落繁枝千万片，犹自多情，学雪随风转。
昨夜笙歌容易散，酒醒添得愁无限。

楼上春山寒四面，过尽征鸿，暮景烟深浅。
一晌凭栏人不见，鲛绡掩泪思量遍。

右冯正中词 《鹊踏枝》
缠绵忠厚，一波三折
甲午一月九日 萧丽

——李煜

●● 我开始读《人间词话》,是在八十年以前,那时候我喜欢词,也读了一些古人的词话,可是我对于那些古人的词话,总觉得不知所云,读了半天读不懂,当然那时候我刚刚十一岁——毕竟是八十年前。后来我母亲因为我以同等学力考上了初中,就给我买了一套开明书局出版的"词学小丛书",里面就有一卷是王国维的《人间词话》,王国维也就成了把我带进词的一个引路人。我那个时候读《人间词话》,有很多其实读不懂,但我长大了以后,再回看王国维的《人间词话》,发现有些地方,我之所以不懂,是因为他没有说清楚。比如他说:"词以境界为最上。"然后他举的例证,什么"寒波淡淡起,白鸟悠悠下"(元好问《颖亭留别》)这类的,都是诗句。他说"词",却举了很多诗的句子,我们中国的旧传统,这个理论是不够清楚的,他受了一些西方的影响,讲到"有我""无我",但是他的哲学也不够清楚。使我感动,使我觉得豁然开朗、懂得了词的,就是他讲温、韦、冯、李四家词的一段话,因为这一段话,他是以他自己真正的直觉的感受来讲的,而他不但有真切的感受,还有很敏锐的判断的眼光。

从词的发展的历史来看,温庭筠的年代最前,然后是韦庄、冯延巳、李后主。这个词的发展有一个过程,因为词之所以叫作词,本来是很单纯的。我们现在把它当作一种文体,是我们后来的观念。词本身就是歌词,就是 song words,歌是音乐,词就是歌词的意思。最早的歌词,就是配合唐五代以来的流行歌曲而演唱的。这是一种民间的作品,即使是贩夫走卒,也可以按照流行歌曲的调子写一首歌词。可是那些贩夫走卒之言不够文雅,没有深度,就如敦煌的曲子词。有学问的人不看重它们,以为这些曲子词庸俗,不够典雅。什么时候词被人重视了?直到五代十国时期后蜀的赵崇祚编了《花间集》。《花间集》前面有一篇欧阳炯写的序文，他说"因集近来诗客曲子词"——现在所编辑的，是诗人文士为曲子写的歌词。这是词最早被文人搜集编在一个集子里面，而之所以叫"花间"，就是因为当时这些文人所写的歌词，都是给那些十七八岁的歌女去演唱的。歌者，当然是女性，而作者是男性，所以作者要托为女性的口吻，写男女离别相思的感情。按照词的发展来说，温庭筠最早所写的《菩萨蛮》都是用女性的形象来写相思怨别。所以很多人认为温庭筠的词金碧辉煌，就是一些辞藻的堆砌，没有很深刻的意思。一直到清代的张惠言，他认为温飞卿的词里面有深刻的意思，比如他说"懒起画蛾眉，弄妆梳洗迟"里面有《离骚》的意思。那有没有呢？这是一个问题。温庭筠写的是没有明显个性的女性，写她们的相思离别，这是早期的文人的词。

到了韦庄就不同了，他在晚唐身经离乱，后来唐朝被朱温篡夺了，他的唐朝败亡了。而且年轻的他去长安赶考的时候，赶上了黄巢的变乱。所以韦庄虽然写的也是歌词之词，可是他历经战乱、国破家亡，永远回不去他的唐朝，永远回不去他的洛阳跟长安了。因为经历了亡国之痛，所以韦庄写的词感动人，他的这种感情很深刻，而且是国破家亡的感情。我上次讲韦庄，其实有句话没有说，他说"洛阳城里春光好，洛阳才子他乡老"，最后说"凝恨对残晖，忆君君不知"。我上次是完全用他跟长安女子的离别来讲的。其实按照中国的传统来说，这个"凝恨对残晖，忆君君不知"大有深意。"凝恨对残晖"，那是太阳的西沉，一个国家的败亡，而且"忆君"的"君"按照普通的说法，只要是"你"，都可以称"君"。可是按照中国的传统，君主也是可以称"君"的。

春花秋月何时了，往事知多少？
小楼昨夜又东风，故国不堪回首月明中。

雕栏玉砌应犹在，只是朱颜改。
问君能有几多愁？恰似一江春水向东流。

李后主 《虞美人》

尼采谓，"一切文学，余爱以血书者"。后主之词，真所谓以血书者也。宋道君皇帝《燕山亭》词亦略似之。然道君不过自道身世之戚，后主则俨有释迦、基督担荷人类罪恶之意，其大小固不同矣。

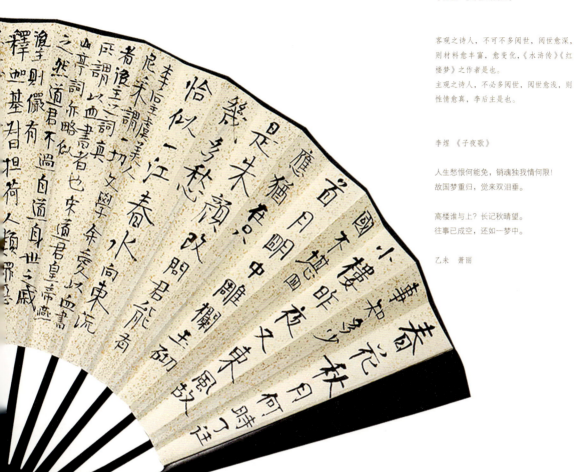

风情渐老见春羞，到处消魂感旧游。
多谢长条似相识，强垂烟态拂人头。

李后主 《赐宫人庆奴》

客观之诗人，不可不多阅世，阅世愈深，则材料愈丰富，愈变化，《水浒传》《红楼梦》之作者是也。
主观之诗人，不必多阅世，阅世愈浅，则性情愈真，李后主是也。

李煜 《子夜歌》

人生愁恨何能免，销魂独我情何限！
故国梦重归，觉来双泪垂。

高楼谁与上？长记秋晴望。
往事已成空，还如一梦中。

乙未　萧丽

他从个人的跟这个女子的离别,"香灯半卷流苏帐",到最后的结尾,说我"凝恨对残晖,忆君君不知",说的其实是落日西斜、国家败亡,我怀念我的故国、故君,我没有办法再表达,没有办法再叙说了。这个小词很妙,歌筵酒席的歌词里有着深刻的意思,这是因为韦庄经过了国破家亡的变乱。

我们所选的《虞美人》《相见欢》,都是李后主国破家亡以后的作品。有一句话,我讲课从来不愿意跟年轻的学生提起,就是《人间词话》里的"天以百凶成就一词人",说上天是用各种痛苦和不幸造就出一个好的词人。李后主如果没有国破家亡,他写得出来"春花秋月何时了"吗?所以作词真的是很奇妙的一件事情。

刚才我们说李后主是经过国破家亡,才写出来这样的词。王国维曾经说,李后主的词是"真所谓以血书者也",说"词至李后主,而眼界始大,感慨遂深,遂变伶工之词而为士大夫之词"(《人间词话》)。这是因为以前词只是歌词之词,李后主以前也是给歌女写歌词之词。国破家亡以后,李后主的一个特色,就是他的性情之真诚、纯挚。他有最真诚的感情、最敏锐的感觉,他享受欢乐的时候,尽情地享受欢乐;当他破国亡家的时候,也有非常真切深刻的悲哀。有人就说李后主前期的作品不好,后期的作品才好,但前期的李后主跟后期的李后主是一个人。他享乐的时候,完全沉溺在享乐之中。有一首他早年的作品:"晚妆初了明肌雪。春殿嫔娥鱼贯列。凤箫吹断水云间,重按霓裳歌遍彻。"(《玉楼春》)完全沉溺在享受之中,眼睛的享受、耳朵的享受、鼻子的享受、身体的享受,写各种享受。他是以敏锐的感觉、真切的感情,写他的欢乐的。那他现在"一旦归为臣虏,沈腰潘鬓消磨"(《破阵子》)，破国亡家，也以他最真纯、最深切的感觉和感情，体认这一份人间的悲痛，所以他就写出了我们人类共同的悲哀和痛苦。

"春花秋月何时了，往事知多少"(《虞美人》)，这句话就把我们都打进这个大网里面去了。我们每个人的经历，年年的春天来，年年的春天走，这"春花秋月何时了"。

我今天上午参加了恭王府的海棠雅集。恭王府是我当年所就读的辅仁大学女校的旧址。我今天经过的那些街道，是我当年每天走过的街道，"物是人非"，我已经是九十岁的人了。当年和我同班的同学如今都已经不在了，更不用说当年的老师了。一样的花开，一样的海棠开，一样的柳絮飞，跟我七十年前所见的一模一样。"春花"是不改变的，年年花开；"秋月"也是不改变的，年年中秋月圆。"春花秋月"是永远有花开，永远有月圆。可是就在年年的花开月圆之中，我的九十年过去了。"春花秋月何时了。"当我经过恭王府附近，"往事知多少"，那都是我的往事。我看到的每一条街道，都是我的旧游之地，所以"往事知多少"。一句话就把我们所有的天下人都打进去了，这是他的总起："春花秋月何时了，往事知多少？"

下边"小楼昨夜又东风，故国不堪回首月明中"。"小楼昨夜又东风"，是春天又来了，春花开了。可是我的故国呢？李后主后来被北宋所俘虏，永远离开了他南唐的美丽的江山，所以"小楼昨夜又东风"，可是我的故国"不堪回首月明中"。这个"东风"是回应的"春花"，"故国不堪回首月明中"回应了"秋月"，所以两句总起，然后接着写下来，是这两句情意的延伸。"春花秋月何时了，往事知多少？小楼昨夜又东风，故国不堪回首

別來半觸目愁腸斷
砌下落梅如雪亂
拂了一身還滿
雁來音信无憑
路遙歸夢難成
離恨恰如春草
更行更遠還生

歐陽公淚眼問花花不語
與此同妙 乙未 蕭麗麗

月明中。"

我们读古典的诗词,一定要把平仄读对。国家的"国"我们现在念平声,可是这个字在古代是个入声字。不但要把声调读对,顿挫——这个停顿的音节也要读对。然后再一句,"雕栏玉砌应犹在",他回想他当年在南唐的宫殿,那里有美丽的雕刻着花纹的栏杆。我曾经去游过江南,看到南唐中主读书的所在,那都是汉白玉石头的雕栏。而且我刚才说李后主在享乐的时候,他写他听歌看舞,"晚妆初了明肌雪",这些歌儿舞女刚刚化完晚妆,容光照人。"春殿嫔娥鱼贯列",他的那些妃嫔、那些歌姬舞女出来,像鱼游过来,一列美女就出来了。他后面说"临风谁更飘香屑",之前是说他看到舞女歌舞时的眼睛的享受,现在是说在南唐的宫里面,因为在路上撒了香粉,所以风吹过来是一阵香气,是"临风谁更飘香屑",这是鼻子的享受,他写了各种官能的享受。

我要讲的是下一句,"醉拍阑干情味切"。当时我在饮酒——饮酒当然是口的享受,当我沉醉在酒中的时候,我一边醉,一边给这些歌女打拍子,就拍在栏杆上,我当时是何等的享受啊。我现在归为臣虏,那南唐故国的"雕栏玉砌应犹在"。人老了,他已经离开故国了,那玉石的栏杆,他说应该还在。"只是朱颜改",只是我李后主再也不是当年的、少年的、沉醉在歌舞中的李后主了。我今天早晨经过恭王府附近,到恭王府里面去看海棠花,也是"雕栏玉砌应犹在",只是我朱颜改了。他说"小楼昨夜又东风",这在回应"春花秋月",在回应春天又回来了,这春花秋月年年总是会回来。所以"小楼昨夜又东风",又到春花开的时候,我的故国就"不堪回首月明中",在回应这个

▶

别来春半,触目愁肠断。
砌下落梅如雪乱,拂了一身还满。

雁来音信无凭,路遥归梦难成。
离恨恰如春草,更行更远还生。

欧阳公"泪眼问花花不语",与此同妙
乙未 萧丽

秋月。所以他这首词，以春花秋月的永恒的流转，来对应人生的短暂无常。一句永恒，一句无常，一句永恒，一句无常，而句句呼应了春花秋月，这是李后主的词。

我这样讲、分析，但其实李后主当年创作时何尝是我的这种理性的思维，他只是在表达真实的、真切的那种感觉，那种感情脱口而出，这真是天才，他把我们天下人一网打尽了。《人间词话》还有一句话："后主则俨有释迦、基督担荷人类罪恶之意。"有人就说李后主自己就是罪人，怎么说他担荷人类的罪恶呢？这是没有读懂王国维的意思。王国维说的是：释迦、基督他担荷的是人间的大家的罪恶，李后主所写是我们大家的无常，我们所有的无常。所以王国维只是用了"释迦、基督担荷人类罪恶"的比喻，李后主担荷的不是罪恶，而是我们人间所有的无常，无常的悲哀，所以真是"词至李后主，而眼界始大，感慨遂深"。

我们现在再看下边这一首词，《相见欢》。我们一定要注意，读词不像话剧表演，要考虑怎样美声，而是要透过它的节奏、声调，把原作的感情传达出来。而且你看李后主，不用雕章琢句，天然、自然的句子脱口而出。"春花秋月何时了"，这是脱口而出；"林花谢了春红"，也是脱口而出，真是说得好。

北京现在正是各种花开的时候，可是你要知道，花只要一开，尤其像樱花、海棠，一阵风马上就落，所以他说"林花谢了春红"。但是他说得好。你看"谢了"这两个字，是白话，但里面有很悲哀的感情。而且不是一朵花谢了，不是一枝花谢了，是满林，所以他说"林花"，整体的花谢了，完全都谢了。什么样的花谢了？春天的花、红色的花，最美丽的季节、最美丽的花朵，"林花谢了春红",真是写得好,也是写尽了我们人生所有无常的悲哀。下边三个字,"太匆匆"。他有前边的表达得这么沉重的悲哀,所以这三个字虽然是白话,但是那种沉痛的、哀婉的意思是很深刻的。我眼看它花开,眼看它花落,所以"林花谢了春红,太匆匆"。你说林花谢了,这当然值得惋惜,花开的时候应该是美好的。可是纵然在花开的时候,花这个弱小而美丽的生命,"无奈朝来寒雨晚来风"。"朝""晚"的对举,不是说早晨只有雨,晚上就只有风,而是说朝朝暮暮、雨雨风风。凡是诗词里面对举的,都是有重重叠叠的整体的意思。所以它说"无奈朝来寒雨晚来风"。

他前面说的是花,是"林花谢了春红,太匆匆。无奈朝来寒雨晚来风"。后边把花转变成了人:"胭脂泪,相留醉,几时重?"从花转到人。那红色的花朵上的雨点,就如同美人胭脂脸上的泪珠,所以是"胭脂泪"。我看着那个带着雨点的花朵,决定今天要尽我的情意来欣赏这一朵花,因为我今天不欣赏这一朵花,明天这朵花就没有了。所以你看红色的花朵,像美人的胭脂脸,花上的雨点像美人脸上的泪点。"胭脂泪,相留醉",他留我为他再喝一杯酒,因为"几时重"。你什么时候再见这一朵花?你说明年海棠花又开了。王国维有一句词写得好,明年海棠花纵然是开了,"不是去年枝上朵"(《玉楼春》),它不是去年的那一朵花了,那一朵花永远不会回来了。所以说"胭脂泪,相留醉,几时重?"杜甫写过同样的感情,《曲江二首》其一中间两句说:"且看欲尽花经眼,莫厌伤多酒入唇。""欲尽",这个花快要开完了,快要完全谢去了。"花经眼",我眼看它含苞,眼看它开花,眼看它零落。"且看",今天还有一朵花、一枝花,你就姑且看

> 寻春须是先春早，看花莫待花枝老。
>
> 乙未 萧丽

一看吧，明天可能这些花就都不存在了，所以"且看欲尽花经眼"。而且你对着花要为它喝一杯酒，"莫厌伤多酒入唇"。"厌"是觉得太多了，你不要推辞，不要说今天我喝的酒已经太多了，因为明天你再想对花饮酒，就再也没有这个花了。而现在李后主所写的，就是"胭脂泪，相留醉，几时重"，你永远不会再看见这朵花了。"自是人生长恨水长东"，真是无常，时时刻刻都在消逝。所以"人生长恨"，是流水"长东"。那永远拉不回来的，是你的生命、你的时光、你的欢乐，"自是人生长恨水长东"。李后主是以破国亡家的经历，换来这几首好词。他如果没有破国亡家的经历，就只会写听歌看舞的歌词。

王国维的《人间词话》说："天以百凶成就一词人。"我真是不愿意说这一句话，但是无可奈何，所有的词人，写得好的，都是用生命的苦难换回来的。辛弃疾的词写得好。"楚天千里清秋，水随天去秋无际。遥岑远目，献愁供恨，玉簪螺髻。落日楼头，断鸿声里，江南游子。把吴钩看了，栏干拍遍，无人会，登临意。"（《水龙吟·登建康赏心亭》）稼轩豪放的词里面，有多少悲哀！他二十多岁带着兵起义，从沦陷的家乡到南宋来，以为以他的才干、谋略，他的武功、能力，可以转眼就收复故乡山东的失地，可是直到他六十多岁死去，也一直没能回去。所以稼轩的词虽然豪放，但是里面也有非常深刻的悲哀。苏东坡有一首写柳絮的词，表面上说的是柳絮，但说的都是他自己被贬谪的悲哀。词这个题材曲折变化，不像诗是直接的感发，所以词就是要写、要说那些难以言说的感情。王国维说后主"遂变伶工之词而为士大夫之词"，它不再是给歌女唱的歌词了，而是文人诗客自己言志抒情的作品了，所以李后主的词真是对于词的一大开拓。

花明月暗笼轻雾，今朝好向郎边去。
刬袜步香阶，手提金缕鞋。

画堂南畔见，一向偎人颤。
奴为出来难，教君恣意怜。

铜簧韵脆锵寒竹，新声慢奏移纤玉。
眼色暗相钩，秋波横欲流。

雨云深绣户，未便谐衷素。
宴罢又成空，梦迷春雨中。

蓬莱院闭天台女，画堂昼寝人无语。
抛枕翠云光，绣衣闻异香。

潜来珠锁动，惊觉银屏梦。
脸慢笑盈盈，相看无限情。

李煜 《菩萨蛮》
乙未春日　萧丽书

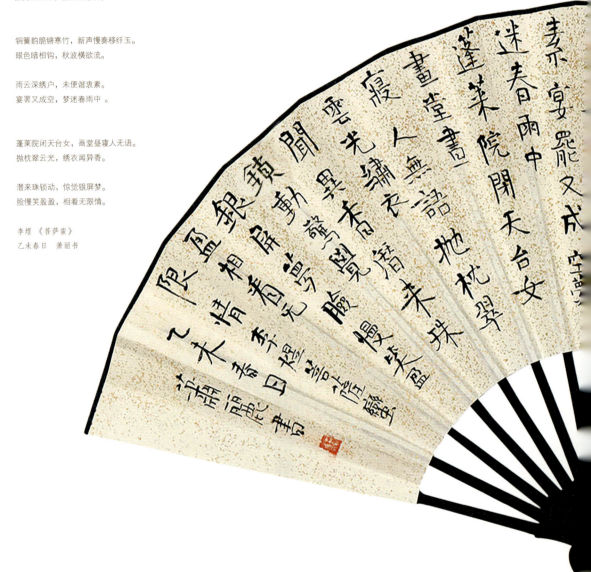

——晏殊

●● 北宋的人给歌曲填写歌词，与南唐的人给歌曲填写歌词有什么不一样？这是很奇妙的一件事情。人没有办法离开他所处的时代，冯延巳跟李后主都是处在南唐的危亡的时代。冯延巳从他的父亲开始就受南唐君主的知遇，而冯延巳跟南唐的中主从小一起长大，所以他没有办法离开他必亡的国家，没有办法离开作为必亡的国家的宰相的地位，这是冯延巳。李后主更不用说，他自己就成了亡国之君。从冯延巳词的难以言说的痛苦，到李后主词的直接发泄的破国亡家的痛苦，词与它的时代背景以及作者的性格有着非常密切的结合。同样给流行歌曲填词，北宋的晏殊、欧阳修肯定跟冯延巳、李后主是完全不同的。

　　一个人不能脱离时代，冯延巳生在必亡国家，做了必亡国家的宰相，李后主身经亡国之痛，有他们的特色。可是晏殊、欧阳修生在北宋的升平盛世。晏殊字同叔，抚州临川人，是天才儿童，七岁就能够写文章，他这个神童的美誉就流传开了。宋真宗景德二年（1005），皇帝说把神童叫来考一考试，神童应试，果然诗文写得都很好，赐同进士出身。所以他不像那些穷秀才考了一辈子也没有考中，这个时候他不过十五岁，不但赐同进士出身，而且皇帝当下就给他一个秘书省正字的官职，秘书省是中央一个执掌文化的机关。后来晏殊做了宰相，又兼枢密使。宰相是文职，枢密院是武职最高的机关。他曾经一度被罢相，就是朝廷免除了他的职位，让他出知外州，到外地去做官了。这当然是一种贬官，为什么把他贬了官了？等一下我们讲晏殊的词，有一首叫《山亭柳》的词，我们会讲到他罢官的原因。后来他在外地很多年，因为他生病老了就被召回汴京，留侍经筵，不久死了，谥号元献。晏殊这个人"性格刚峻，学问淹雅。自奉若寒士，而豪杰好宾客。喜奖掖人才，一时名士多出其门，如范仲淹、富弼、欧阳修、王安石皆是"（郑骞编注《词选》）。这个是他的生平，这里就不再过多介绍了。他的诗文本来很多，但是现在没有全部流传下来，现在我就说我对晏殊词的看法。

我在二十世纪八十年代跟四川大学的前辈学者缪钺合作写了论词绝句，对每个词人我们都有写论词绝句，然后我们也写了论文。"临川珠玉继阳春"，"临川"，因为晏殊是江西临川人。刚才我所说的那个不幸的词人，南唐的冯延巳也是做到宰相的位置，可是南唐是必亡的国家，进不可以攻，退不可以守，就有人主战，冯延巳的弟弟冯延鲁就主张打仗，出去打当时十国里面的一个小国闽，结果失败了。冯延巳并不赞成他发动战争，可是他却发动了战争而且打败了。作为哥哥，冯延巳逃脱不了这个责任，所以就被罢免了宰相，贬到外面驻节。他做了抚州的节度使，抚州属于江西，晏同叔就是抚州临川人，这就是"临川珠玉继阳春"。我们这里简单地说，历史上确实有记载的，因为冯延巳在抚州做过官，所以抚州的人就喜欢唱冯延巳的歌曲，晏殊从小就听冯延巳的词曲，他喜欢冯延巳的词曲。可是他的作风跟冯延巳迥然不同，冯延巳那真是婉转哀伤，而且是不可解脱的一种痛苦，晏殊以神童做官做得这么顺利，所以我说晏殊"更拓词中意境新"，他给词开辟了一个新的意境。"思致融情传好句，不如怜取眼前人。"冯延巳是钻在痛苦之中无法自拔，"每到春来，惆怅还依旧。日日花前常病酒，不辞镜里朱颜瘦"。沉在痛苦之中完全不能拔出来，可是晏殊不然。我们现在就来看晏殊的几首词。

先来看他的一首《浣溪沙》："一曲新词酒一杯。去年天气旧亭台。夕阳西下几时回？"这本来是一种无常的哀感，李后主说："春花秋月何时了，往事知多少？小楼昨夜又东风，故国不堪回首月明中。""一曲新词酒一杯。去年天气旧亭台。"一样的春花开，一样的秋月明，李后主的"不堪回首月明中""自是人生长恨水长东"，晏殊的"夕阳西下几时回"，都是无常的哀感。可是晏殊没有沉迷在这个无常的哀感之中，说"无可奈何花落去"，可是"似曾相识燕归来"。说得真是好。花虽然是落了，无可奈何不能够挽留，可是你换一个眼光来看，宇宙是不停的，是循环的，所以"无可奈何花落去，似曾相识燕归来"。他有一种通观的理性的思致在里面，"无可奈何花落去，似曾相识燕归来。小园香径独徘徊"。我在这里徘徊，我有我的思想，有我的哀伤，有我的感悟。之所以说他"思致融情"，就是因为他有一种思想反省的思致，融在他的感情之中。

我们再看他的另一首小词。"一向年光有限身。等闲离别易销魂。"这说得很好，一向年光，光阴是一去不返的，一切良辰美景都很短暂，而我们人生是有限的。我刚才说我教书已经七十多年了，在座还有我五六十年前的学生，我现在已经是九十多岁的老人了，眼睛也花了，耳朵也聋了，走路也不方便了，"一向年光有限身"。而我们在这样的有限的短暂之中"等闲离别易销魂"，一切的离别，不管是生离，不管是死别，你随随便便一下子就碰到了，像我现在九十多岁了，

一曲新词酒一杯。去年天气旧亭台。
夕阳西下几时回?

无可奈何花落去,似曾相识燕归来。
小园香径独徘徊。

晏殊词 《浣溪沙》
己亥 圆云

我回想当年,不但我的父母、我的老师,就连我同班的同学,都没有一个存在的。所以人生真是悲哀,人生真是无常,死生离别。所以在这种无常的死生离别的哀感之中,"酒筵歌席莫辞频"。"对酒当歌,人生几何?"(曹操《短歌行》)因为人生短暂,所以该喝酒的时候你就喝酒,该唱歌的时候你就唱歌,酒筵歌席你不要推辞。我现在已经被人逼得一点闲暇都没有,我只是该讲时讲就是了,没有歌没有酒,连休息都没有,很多很多的事情都要做,所以说要抓住老年拼吧。"酒筵歌席莫辞频",这是人生无常的哀感。可是晏同叔说了,"满目山河空念远,落花风雨更伤春"。说得对,"满目山河空念远"!像我是经历了抗战,经历了生离死别,不用说年老的时候我的同班同学没有一个人在,这是必然,就是我年轻的时候,也经历了多少的生离死别,八年的离别,我父亲音信都没有,我母亲在火车上去世,后来我的女儿跟我的女婿忽然间发生了车祸两个人都不在了,人生中我真是经过了无数的生离死别。"满目山河空念远,落花风雨更伤春",晏同叔把那满目山河的念远,落花风雨的伤春都拉回来了,说你"不如怜取眼前人"。念远,远人也不会回来,伤春,春天也不会留住,所以你"不如怜取眼前人",眼前你该做的事情你就做,应尽的责任你就尽,当然他说的是应该享乐的时候你就享乐,所以"不如怜取眼前人"。他把他那个哀感拉回来,退回来,有一种反省,有一种思致。

我们再看他一首词,《清平乐》:"金风细细。叶叶梧桐坠。绿酒初尝人易醉。一枕小窗浓睡。"无怪乎晏同叔写出这种温润的含蓄蕴藉的小词,不写那"人生长恨水长东",因为他的

一向年光有限身。等闲离别易销魂。
酒筵歌席莫辞频。

满目山河空念远,落花风雨更伤春。
不如怜取眼前人。

晏殊 《浣溪沙》
己亥元夕于迦陵学舍 萧丽

▶

金风细细。叶叶梧桐坠。
绿酒初尝人易醉。一枕小窗浓睡。

紫薇朱槿花残。斜阳却照阑干。
双燕欲归时节,银屏昨夜微寒。

《清平乐》 晏殊
己亥　圆云

金風細細葉葉梧桐
墜綠酒初嘗人易醉
一枕小窗濃睡紫
薇朱槿花殘斜陽
卻照闌干雙燕欲
歸時節銀屏昨夜

生活"金风细细"。我们现在就是金风细细，秋天五行属金，吹来了凉爽的风，你也看到叶叶梧桐都飘坠了。我的酒酿好了，"绿酒初尝人易醉。一枕小窗浓睡"。午睡你可以在你的房间里边书窗之下"一枕小窗浓睡"。毕竟是秋天来了，"紫薇朱槿花残"，紫薇、朱槿的花都零落了。"斜阳却照阑干"，你午睡醒了，这一抹斜阳照在外面的栏杆上。"双燕欲归时节"，燕子要回到南方来了，天冷了。"银屏昨（入声）夜微寒"，昨夜我开始觉得天气有一点凉的感觉，一种细致的温润的那种感觉，他没有像李后主那样强烈，像冯延巳那样痛苦哀伤。可是晏同叔也不是说一生都是顺境。刚才我们简单地介绍了他的生平，他是神童，十五岁就同进士出身，历任宰相、枢密使如此重要的职位，可是他这么得到朝廷宠幸的一个人为什么被罢了相了呢？好端端的为什么把他罢了？他罢相以后写了一首词《山亭柳》。我还是把词先念一遍吧，这首词他说是赠给一个歌者，一个唱歌的女子：

家住西秦。赌博艺随身。花柳上、斗尖新。偶学念奴声调，有时高遏行云。蜀锦缠头无数，不负辛勤。　数年来往咸京道，残杯冷炙谩消魂。衷肠事、托何人？若有知音见采，不辞遍唱阳春。一曲当筵落泪，重掩罗巾。

"家住西秦。赌博艺随身。"你一定要注重这个句法，诗是二三的停顿，可是词不一定是，这里是一四的停顿，是"赌/博艺随身"，一个女的歌者，家住在西秦，赌，是我可以跟你比赛，看看我们谁更好。我跟人比赛，博艺随身，吹弹拉唱各种才艺,我无所不能。我是歌者之中最出色的人,可以赌,可以跟各种人比赛,我有各种的才能,我"博艺随身"。所以"花柳上、斗尖新"。花柳代表那些风流浪漫的生活情趣,在花柳上,在这种浪漫的情事之中,"斗尖新",我可以跟你们比赛,我的歌唱得最好,我的舞跳得最好。"偶学念奴声调,有时高遏行云。"念奴是唐朝的一个有名的歌伎,所以我们词牌中还有《念奴娇》。她说我也可以模仿唐朝最有名的那个声乐家念奴,我偶然学得她的歌唱声调,"有时高遏行云",我的声音之嘹亮,传得很高远,可以把天上的云彩都留住。这是一个典故,见《列子·汤问》,有一个叫秦青的人,他歌唱得好,使天上的云彩都为他停住了,响遏行云,遏是停止,把天上飘动的云都留住了。古代如果一个女子唱歌唱得好,跳舞跳得好,这些听众、观众就会给奖赏,赏什么呢?锦缎。所以无数的蜀锦,拿四川最好的锦缎作为缠头之用,就是我得到的奖赏。得到赞美,所以不负辛勤,所以我的歌唱"不负",就是说没有辜负我的辛勤歌唱,我得到这么高的赞美,这么多的报酬。

　　可就是《琵琶行》说的那样,一个女子、歌者,现在老了。以前人家到我家里,到我的这个地方来听我唱歌,现在没有人来听,我要出去到处去唱,所以"数年来往咸京道,残杯冷炙谩消魂",没有蜀锦的缠头,没有各方的赞美,听客就给我一些残杯冷炙。"残杯冷炙"有一个出处是杜甫的诗,"残杯与冷炙,到处潜悲辛"(《奉赠韦左丞丈二十二韵》)。杜甫是说自己的才能没有人欣赏,他到处干求,遭遇冷眼相对。所以这个歌者,这个女的盛年的时候、美貌的时候获得蜀锦缠头无数,现在她不能坐在那里等人家来,她要出去卖唱,人家给她一点小的奖赏,"残杯冷炙谩消魂"。"衷肠事、托何人",男子以女子自比,就是说朝廷里边,有没有人还记得我,有没有人还愿意任用我,我的衷肠事、我的理想、我的志意都交托给什么人?"若有知音见采",如果真的有一个欣赏我的歌声的人,"见采",我被他所欣赏,"采"就是采用,就是任用。"不辞遍唱阳春",我要把最美丽的歌都唱给他听。可是以上的期待现在并没有发生。"一曲当筵落泪",我到处去卖唱,"残杯冷炙谩消魂",所以我唱的时候就当筵流下泪来。可是我不能够让人家看见我流泪,所以就"重掩罗巾",就拿我的罗巾把眼泪擦掉。刚才我们所看到的如此之旷达的,如此之有反省、有思致的一个诗人,为什么写出这样悲哀、感慨的作品来呢?

我们现在看他罢相的经历。宋仁宗由刘皇后抚养,但其生母是李宸妃,这件事仁宗是在刘皇后死去以后才知道的。李宸妃死的时候,晏殊奉诏给李宸妃写墓志铭,当时刘皇后还在,他不能够说仁宗皇帝的生母就是李宸妃这件事情,没有人敢说破这件事情。可是刘皇后死了以后,孙甫、蔡襄就上言"宸妃生圣躬为天下主,而殊尝被诏志宸妃墓,没而不言"(《宋史·晏殊传》),说晏殊这是欺君之罪。而且攻击晏殊的人又说"殊役官兵治僦舍以归利",说他用官兵来修他的衙门,修他的家宅。"坐是",晏殊就因此获罪,降工部尚书知颍州,被贬出去了。人总是被时代环境所影响的,同叔被罢免了宰相,他履职颍州、陈州、许州、永兴军,流落外地多年。他这首词应该是贬出外任的时候所作。晏同叔的这种悲哀和感慨是假托一个"赠歌者"的题目来写的,他没有直接写他以不能表白的罪名被贬谪在外。痛苦和悲哀,他推远了一步,这是晏同叔。晏同叔跟南唐的冯延巳、李后主有很大的不同。

《山亭柳·赠歌者》 晏殊

家住西秦。赌博艺随身。
花柳上、斗尖新。
偶学念奴声调，有时高遏行云。
蜀锦缠头无数，不负辛勤。

数年来往咸京道，残杯冷炙谩消魂。
衷肠事、托何人？
若有知音见采，不辞遍唱阳春。
一曲当筵落泪，重掩罗巾。

己亥 圆云

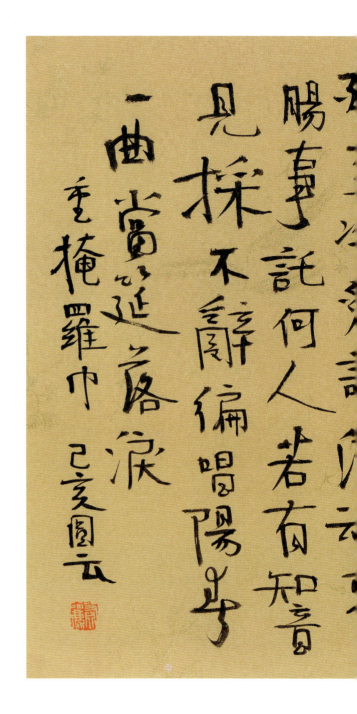

山亭柳贈歌者 晏殊

家住西秦賭博藝隨身花柳上鬥尖新偶學念奴聲調有時高遏行雲蜀錦纏頭无數不負辛勤數年來誑咸京道

——欧阳修

● ● 欧阳修，字永叔。他被贬到滁州的时候写《醉翁亭记》，自称醉翁："环滁皆山也。其西南诸峰，林壑尤美。……饮少辄醉，而年又最高，故自号曰'醉翁'也。"他用一种赏玩、排遣的方法，写了很多滁州的美景。他晚年又别号六一居士："吾《集古录》一千卷，藏书一万卷，有琴一张，有棋一局，而常置酒一壶，吾老于其间，是为六一。"（欧阳发等述《先公事迹》）他是江西庐陵人，仁宗天圣八年（1030）考中的进士，不像晏同叔一下就升到很高的官位，而是慢慢地升官，累官至翰林学士、枢密副使、参知政事，神宗熙宁中，这已经是神宗变法以后，他以太子少师致仕。他致仕以后不到两年就死去了，朝廷赠太子太师，谥号文忠。

欧阳修为一代文宗，诗文皆成大家。苏轼、曾巩都是他的门人，他做主考官的时候把苏轼、苏辙兄弟两个人录取了。我们说的唐宋八大家，韩愈、柳宗元是唐朝的，宋代有六家，如果没有欧阳修，就不只没有宋代的六家，连韩愈、柳宗元都不能够称为大家。因为韩愈、柳宗元是写古文的。欧阳修提倡古文，所以韩愈、柳宗元都是被欧阳修宣传起来的。唐朝开始流行的应用文是骈文。李商隐的古文写得非常好，可是后来遇到知赏他的人告诉他，说你要想做官就不能写古文，因为当时唐朝流行的是骈文，连公事的往来都用骈文写，所以李商隐一辈子就在那些官府之中给人做秘书，替人家写那些言不由衷的应酬文字。唐朝当时流行的是骈文，韩愈、柳宗元虽提倡古文，但到李商隐已经是晚唐了，当时流行的还是骈文呢。欧阳修年轻的时候到一个朋友家里面去，那个朋友家里边有一个破纸篓子，扔了很多书在里面，他从中找到了韩愈的古文，非常喜欢，所以他提倡古文。而他选拔的人才，像苏轼兄弟都写得一手好古文，可是就因为流行骈文而他提倡了古文，所以那些想通过写骈文要得功名的人都对他非常不满意，这是我顺便讲到的一点。总而言之，他的经历大抵如此。宋人周必大编有《欧阳文忠公集》，词附于欧阳修自编的《居士集》之后，名为《近体乐府》。但是他的词集有些需要注意的地方，他的词有《六十名家词》本《六一词》，还有《醉翁琴趣外篇》，后者是宋代的坊贾（坊是书坊，就是书店，贾就是商人）所编印的，所收诸词皆不见于《近体乐府》，他人伪托应分别观之。欧阳修录取了这些古文写得好的人，而当时很多写骈文的人就对他非常痛恨，就编了一些非常鄙俗的、淫乱的词曲放到欧阳修的集子里边，所以我们对欧阳修的集子应该分别来看待。

　　那么欧阳修跟晏殊有什么不同呢？其实我觉得评价一个人的作品还不是说只看文章形成了什么样的风格，而是要看在他经历的一生之中，他对于人生所取的是什么样的态度。当真正的非常强大的悲哀痛苦临到你的头上的时候，你是以什么样的态度去面对它，死生之际你是用什么样的态度去对待它，这是对一个人的最大的考验。当然你们会说一生一世不经过痛苦挫折是非常幸运的一件事情。可是法国人阿纳托尔·法朗士写过一本小说，中文翻译为《红百合》，书里边说，如果是一个养尊处优的女子，一辈子连一场重病都没有生过，这样的人最浅薄。你如果在痛苦挫折之中有了经历，而你站住了，就是一次修为，就是一次历练，不然的话，就是最肤浅的人，这是法国人说的。在中国说起来也同样是如此的，就是说，一个人当你面临无常、悲哀、痛苦，你以什么态度去对待它。我们来看欧阳修以什么态度去对待它。我也写了三首诗:"诗文一代仰宗师,偶写幽怀寄小词。莫怪樽前咏风月,人生自是有情痴。"(《论欧阳修词》其一)有些人就专门写点小词,欧阳修不是,不管他的事功、他的政治,以他在文学上面的成就,真是诗文一代宗师。欧阳文忠的集子那么一大套,小词只是一部分。对待无常,对待悲哀,对待痛苦,苏东坡一下子就跳出去了,"回首向来萧瑟处,也无风雨也无晴"(《定风波》)。那么欧阳修呢?是"莫怪樽前咏风月,人生自是有情痴"。欧阳修是用赏玩的态度来面对,"四时佳景都堪赏,清颍当年乐事多。十阕新词采桑子,此中豪兴果如何"(《论欧阳修词》其二)。"西江词笔出南唐,同叔温馨永叔狂。各有自家真面目,好将流别细参详。"(《论欧阳修词》其三)"叔"字是入声,不管你是读诗还是读词,都是在读中国的韵文,平仄声一定要读对。很多人喜欢诗词,觉得七个字一句那就是诗,长短句我也按照四个字五个字填上,但是完全不懂得平仄,如果写白话诗没有关系,如果用现代的中华音乐也没有关系,但你如果要用中国古代的体式,就要遵守古代的格律,入声字你一定要分别出来。

　　声音是诗歌的一部分生命,不是说你只有内容就好了,而是要有声调的,字从音出,字从韵出,很多人拿了诗词给我看,完全没有平仄的概念。这平仄的概念还不是说你到了填词作诗的时候查一查字典是平是仄,是说他根本就不知道诗词是应该讲平仄的。古代诗词之中的入声字都是仄声,念成平声那是不可以的。尤其是宋词到后来,到周邦彦,到姜夔,平仄用字更是讲究。周邦彦说,"似梦里,泪暗滴",六个字都是仄声。姜夔说,"又片片、吹尽也,几时见得"(《暗香》)。"几"是上声,

"时"是平声,"见"是去声,"得"是入声,上平去入,这一句四个字他填上去四个声调。你如果不填词,你不管古人,自己随便乱作,爱写什么样就写什么样子。你如果是填词,就要遵守古人的格律,不是偶然风花雪月地写几个字,长长短短就是词,这个还不能说你在填词。读词的时候,要把平仄读出来,才能够声情互相呼应,才能够把真正的感发的力量读出来。面对死生、离别、悲哀、痛苦,欧阳修这个人真是有豪兴。

我们现在就讲欧阳修的词,先看他的《采桑子》,他一口气就写十首,那真是豪情。不但写十首,他前面还有一段骈文叫《西湖念语》,念语就是道白。要知道宋朝的词都是歌唱的,他写了十首词给人家去唱,还在前面写有一段道白。欧阳修一下子十首八首地写,在宋朝是有这样一个风气,叫作鼓子词,就是唱曲子。鼓子词打着拍子唱歌,一唱就唱一串,这是宋朝流行的一种俗曲的格式。欧阳修有豪兴嘛,所以他对待悲哀痛苦是把它用这种歌舞的形式发泄出去。《西湖念语》,你看他怎么说的:

昔者王子猷之爱竹,造门不问于主人,陶渊明之卧舆,遇酒便留于道上。况西湖之胜概,擅东颍之佳名。虽美景良辰,固多于高会。而清风明月,幸属于闲人。并游或结于良朋,乘兴有时而独往。鸣蛙暂听,安问属官而属私。曲水临流,自可一觞而一咏。至欢然而会意,亦傍若于无人。乃知偶来常胜于特来,前言可信。所有虽非于己有,其得已多。因翻旧阕之辞,写以新声之调,敢陈薄伎,聊佐清欢。

这个是骈文，都是有对偶的，都是有平仄的。"况西湖之胜概，擅东颍之佳名"，东颍即颍州东面，有一个湖，也叫西湖，不是杭州的西湖，颍州的西湖也很美。欧阳修两次到颍州，第一次是他中年的时候被贬官到颍州。他到了颍州就很喜欢颍州的西湖，所以就说我将来要终老在此。他四十多岁时在颍州做官，喜欢颍州这个地方，六十多岁他老了辞官回来，果然还回到颍州来了。这个念语是一个道白，写得真是好。有的人喜欢成群结队地去旅游，有的人就喜欢一个人去。像我在台湾有一个几十年前的学生了，他去旅游，不管远近，从来都是一个人，就是不要跟人结伴。有些人非要呼朋唤友的才出去旅游，这是天性，不一样。欧阳修说你跟人家一起来，"并游或结于良朋，乘兴有时而独往"，一个人有一个人来的好处，大家来有大家来的好处，这是欧阳修，什么都可以欣赏。

《采桑子》十首是他晚年六十多岁的时候来到颍州时写的，而且你要知道，他来到颍州第二年就死了，这已经是他到颍州一年的时候，你看人家的豪兴。《采桑子》十首每一首词的第一句都以"西湖好"结尾。

这里我们讲十首词的最后一首：

平生为爱西湖好，来拥朱轮。富贵浮云，俯仰流年二十春。　　归来恰似辽东鹤，城郭人民。触目皆新，谁识当年旧主人？

这组词前面把西湖写得那么美，各种景色，晴也好，雨也好，各种风景都好，"平生为爱西湖好"。当年我在颍州做地方长官，"来拥朱轮"。"富贵浮云"，人生富贵得失，回首都一恍如梦。

"俯仰流年二十春",好像低头仰首之间,这二十年转眼都过去了。"归来恰似辽东鹤",这是一个故事,说有一个辽东的人学道,死了变成一只仙鹤回来,就是辽东化鹤的故事。他说二十年后我又回到颍州故地,如同我们中国传说中一个人死了二十年后化成一只鹤回来。"城郭人民,触目皆新",城中有很多新的建筑、新的居民。我在北京长大,现在回到北京哪里都不认识了。"谁识当年旧主人",谁还认得二十年前我这个曾在颍州主政的长官,没有人记着我。王安石写过一首诗:"桐乡山远复川长,紫翠连城碧满隍。今日桐乡谁爱我,当时我自爱桐乡。"(《封舒国公三首》其二)他当年在桐乡做过官,他说现在几十年之后我再回来,哪一个人还认识我,可是我当年做这里的主政的长官,真是关心爱护过这个地方。所以王安石说"今日桐乡谁爱我,当时我自爱桐乡"。欧阳修也说"谁识当年旧主人",本来是非常感慨哀伤的一首词,可是你看他前面那种豪兴干云,他的那种欣赏热情,他的那种敏锐,他的那种感受,真是写得好。而且欧阳修真是大才、长才,不写则已,一写都是一套一套曲子地写。

现在我们来看他写的一组《定风波》。春天来了,这么美好的景色,这么美好的花朵,可是人生是短暂的。我说欧阳修对于人世的祸福死生之无常,态度与别人不一样,所以造成词的风格不一样。

把酒花前欲问他。对花何吝醉颜酡。春到几人能烂赏。何况。无情风雨等闲多。　　艳树香丛都几许。朝暮。惜红愁粉奈情何。好是金船浮玉浪。相向。十分深送一声歌。

花开你就应该欣赏花,你就应该为花喝酒,因为你赏花的日子不多,所以"好是金船浮玉浪。相向。十分深送一声歌"。

把酒花前欲问伊。忍嫌金盏负春时。红艳不能旬日看。宜算。须知开谢只相随。　蝶去蝶来犹解恋。难见。回头还是度年期。莫候饮阑花已尽。方信。无人堪与补残枝。

这一组《定风波》有六首,他写的都是在这种无常的哀感之中来赏花。我们看他最后的两首。第五首,"过尽韶华不可添。小楼红日下层檐",我们说"九十春光",春天一季三个月九十天,现在已经到了春天的最后一天了,那美丽的春天韶华都过去了,"过尽韶华不可添"。"小楼红日下层檐",夕阳西下,西方落日的余晖照在屋顶的屋檐上,而那一抹的阳光慢慢地消失了。"春睡觉来情绪恶。寂寞。杨花缭乱拂珠帘。　早是闲愁依旧在。无奈。那堪更被宿醒兼。把酒送春惆怅甚。长恁。年年三月病厌厌。"

最后一首:

对酒追欢莫负春。春光归去可饶人。昨日红芳今绿树。已暮。残花飞絮两纷纷。　粉面丽姝歌窈窕。清妙。尊前信任醉醺醺。不是狂心贪燕乐。自觉。年来白发满头新。

欧阳修在无常之中,在悲哀感慨之中,用一种遣玩的意兴把他的悲慨吐露。不管是《采桑子》,还是《定风波》,都是欧阳修的鼓子词。现在我们要看的一首词不是写给歌伎演唱的鼓

对酒追欢莫负春。
春光归去可饶人。
昨日红芳今绿树。
已暮。
残花飞絮两纷纷。

粉面丽姝歌窈窕。
清妙。
尊前信任醉醺醺。
不是狂心贪燕乐。
自觉。
年来白发满头新。

欧阳修 《定风波》
己亥　萧丽

子词,《玉楼春》:

雪云乍变春云簇。渐觉年华堪送目。北枝梅蕊犯寒开,南浦波纹如酒绿。　　芳菲次第还相续。不奈情多无处足。尊前百计得春归,莫为伤春歌黛蹙。

现代诗人徐志摩写康桥,说"春来一天有一天的消息"(《我所知道的康桥》),石上的苔痕,水草的滋长,天上的云影,大自然有着微妙的变化。"雪云乍变春云簇",冬天下雪时天阴得像一块铅板一样,完全是阴沉的,当冬天的雪云变换成春天的云彩,春天的云彩是一团一团的,像棉絮一样。"雪云乍变春云簇,渐觉年华堪送目。"这是一年的芳华,一年最好的日子来了,值得我们"风物长宜放眼量"(毛泽东《七律·和柳亚子先生》),我们可以看看,到处的蓝天白云、红花绿柳。"北枝梅蕊犯寒开",我们说花向阳的一面暖,就先开,背阳的一面就晚开,现在连北面树枝的梅花都冒着寒气开放了。"南浦波纹如酒绿",那冰都化了,"春草碧色,春水渌波,送君南浦"(江淹《别赋》),南浦的春水绿,像绿酒一样美丽。"芳菲次第还相续",他说这个花是不断地开,一批开了还有一批。"不奈情多无处足",他说我真是太喜欢这个春天了,所以我总觉得看不够。"尊前百计得春归",你在酒杯前,你等了这么久,千方百计地才盼到春天回来,"莫为伤春歌黛蹙",你就好好地享受这个春天的美景,你不要伤春,不要在唱歌的时候皱起眉来,所以欧阳修是有一种遣玩的意兴。北宋初年,在一个升平的、美好的时代,晏殊写得那么温润,有一种理性的反省跟操持,欧阳修写得那么豪放，有一种对于欣赏的良辰美景的热情的投注，可是词并没有停止在这里，词到最后发展到什么程度呢？就是我们曾经引过的张惠言的《词选序》所说的，词可以写出"贤人君子幽约怨悱不能自言之情"，毕竟晏殊跟欧阳修两个人所受的挫折痛苦都不够。

雪云乍变春云簇。渐觉年华堪送目。
北枝梅蕊犯寒开,南浦波纹如酒绿。

芳菲次第还相续。不奈情多无处足。
尊前百计得春归,莫为伤春歌黛蹙。

《玉楼春》 欧阳修
己亥　萧丽

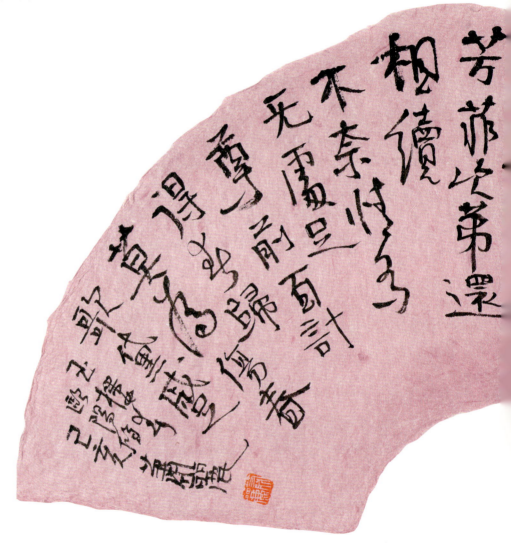

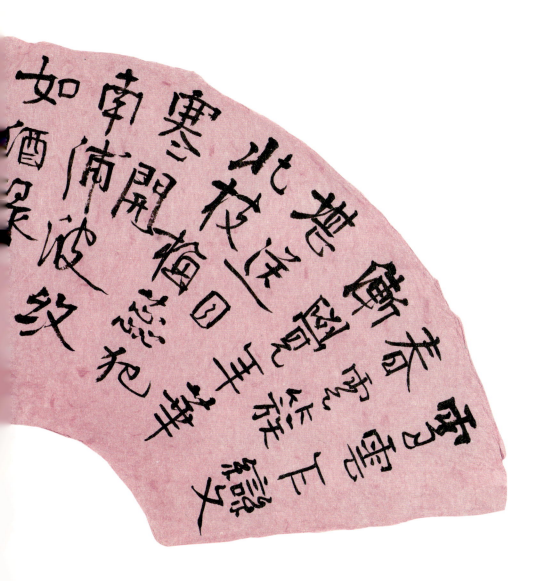

一
柳
永

●● 柳永,字耆卿,初名三变。你现在从这句话上就知道他是改过名字的,他本来叫变,而且是三变,后来变成永。柳永是崇安人,他的父亲叫柳宜,曾经在南唐做过监察御史,而且以"多所弹射不避权贵"(王禹偁《送柳宜通判全州序》)著称,是一个很正直的官吏,入宋以后继续在朝廷做官,做到工部侍郎。柳永有两个哥哥,一个叫柳三复,一个叫柳三接,二人都有科第功名于时。通过这些介绍,我们知道柳永出生于一个仕宦家族,他的父亲不管是在南唐还是北宋,都是一个在朝廷上忠正有为的官吏。所以柳永从小接受的教育,家庭对他的期待,都是要他走仕宦功名、建功立业这条道路的。这是他外在的因缘、外在的环境。可是人除了外在的种种因素以外,还有他天生禀赋的一种天性、一种性情:柳永生来就有音乐的天才。音乐确实是需要天才的,我们看到很多人很有音乐的天才,从小对音乐的分辨就非常敏锐,很小就弹琴弹得很好。我这样的人是乐盲,所以就没有办法学音乐,而且我小的时候,家里只说要读书,不可以学音乐。我的同学去学这个、学那个,我家里都不许我去学。柳永的家庭是仕宦的,可是他自己的天性是喜欢音乐的。而且我们也应该知道当时的时代背景,在北宋,有很多人都记述了当时汴京的歌舞繁华,比如据《东京梦华录》,当时家家弦管、户户笙歌。柳永曾经在杭州做过短期的官吏,在这里柳永写过一首《望海潮》。

他说"重湖叠巘清嘉,有三秋桂子,十里荷花",说"户盈罗绮,竞豪奢",他所生活过的汴京和杭州都是歌舞繁华的所在,因为天性浪漫和喜欢音乐,柳永早期写了很多给歌伎酒女去演唱的歌词。《东京梦华录》记载:

举目则青楼画阁，绣户珠帘，雕车竞驻于天街，宝马争驰于御路，金翠耀目，罗绮飘香。新声巧笑于柳陌花衢，按管调弦于茶坊酒肆。

生活在这样的环境，他有音乐的天才，而且你看我们以前所讲的，不管是五代的温、韦、冯、李，还是北宋的大晏、欧阳，所写都是短小的令词，没有人填写这种长调的歌词。

我这一年的讲演，讲了很多次，都是关于词的演进的历史。我讲过敦煌的曲子词，这种曲子词一直藏在敦煌的一个石窟中，没有流传，被发现的时候已经是晚清末年，所以宋朝词人并没有看见过敦煌的卷子，可是敦煌的歌曲是流行的。而像晏殊、欧阳修这样的人，他们不大懂得音乐，所以对于长调就不敢随便去填写。可柳永是懂得音乐的人，我们看柳永的词里面有很多长调的歌词，那都是在敦煌的曲子词里面有的长调，有些是本来就有歌词，也有些是柳永自己结合俗曲创制的歌词。

柳永所处的时代和柳永自身的性格，使他走仕宦这条路时产生了一种矛盾，这也是柳永的悲剧所在：他说我要修身齐家治国平天下，要参加科考，这是后来的风俗习惯加给他的，这是对一个人的制约，与柳永的天性产生了很大的矛盾。

我们这里要从对柳永的毁誉来看他的词，就先把对他的毁誉说一说。

柳永是在仁宗景祐元年（1034）考中的进士，在没有考中进士之前，他用柳三变的名字，参加过科考，可是落第了。而柳永还自负他的才华，以为他不但可以考上，而且可以考上很高的科第。所以落第后他写了一首叫《鹤冲天》的词：

黄金榜上，偶失龙头望。明代暂遗贤，如何向。未遂风云便，争不恣狂荡。何须论得丧。才子词人，自是白衣卿相。　烟花巷陌，依约丹青屏障。幸有意中人，堪寻访。且恁偎红翠，风流事、平生畅。青春都一饷。忍把浮名，换了浅斟低唱。

他说"黄金榜上，偶失龙头望"，在黄金榜上的进士之名，我偶然地错失了，我本来应该是龙头，应该高中科举的，可是我落选了。所以他现在就恣意去歌唱，饮酒唱诗，他要且把浮名，"换了浅斟低唱"，把科第的浮名，换取过浅斟低唱的生活。他填写了歌词，而他的歌词是非常流行的，就被皇帝听见了，所以他第二次再来考，皇帝一看是那个填词的柳三变，就没录取，说是"且去填词"：他不是说要浅斟低唱，不要浮名了吗？那就让他去浅斟低唱好了，何用浮名！柳永就很悲哀，所以他以后再填词，就写"奉旨填词柳三变"。直到他改名叫了柳永，才在仁宗景祐元年考上进士。"柳永，字耆卿，为举子时多游狎邪，善为歌辞。教坊乐工每得新腔，必求永为辞，始行于世。于是声传一时。"（叶梦得《避暑录话》）所以说他是专门给教坊的乐师，给那些歌伎、酒女、乐工填写歌词的。"然其为人疏俊少检束，填词复好为纤佻鄙俗语，颇不为士大夫所喜，仁宗亦恶其人"（郑骞编注《词选》），所以柳永会写出"忍把浮名，换了浅斟低唱"这样的句子。

还有一个传说是有人曾经把柳永推荐给仁宗，但皇帝见柳永之前，看柳永的词作都署名"填词柳三变"，就下旨"且去填词"，这让柳永很不得志。后来柳永好不容易考中了科第，他曾经做过睦州推官，做过屯田员外郎，在事功方面他不像一般人那样有成就，但确确实实给人民、给老百姓做了很多事情。

我们念他一首浪漫的词，是他晚年所写，曲调叫作《戚氏》。其实从这首词你就可以看到柳永内心的矛盾和痛苦。他说：

晚秋天，一霎微雨洒庭轩。槛菊萧疏，井梧零乱惹残烟。凄然。望江关。飞云黯淡夕阳间。当时宋玉悲感，向此临水与登山。远道迢递，行人凄楚，倦听陇水潺湲。正蝉吟败叶，蛩响衰草，相应喧喧。　孤馆度日如年。风露渐变，悄悄至更阑。长天净，绛河清浅，皓月婵娟。思绵绵。夜永对景，那堪屈指，暗想从前。未名未禄，绮陌红楼，往往经岁迁延。　帝里风光好，当年少日，暮宴朝欢。况有狂朋怪侣，遇当歌、对酒竟留连。别来迅景如梭，旧游似梦，烟水程何限。念利名、憔悴长萦绊。追往事、空惨愁颜。漏箭移、稍觉轻寒。渐呜咽、画角数声残。对闲窗畔，停灯向晓，抱影无眠。

这是他的生活，他说他"未名未禄"以前，是"暮宴朝欢"。他说"帝里风光好，当年少日，暮宴朝欢。况有狂朋怪侣，遇当歌、对酒竟留连"，是讲他少年的时候。我现在要说的就是，一个人你有你的才性，你有你后天的环境，你应该怎么样完成你自己。柳永晚年时写下的这些句子，说有一些浪漫的少年子弟，他们都年轻，他们饮酒、唱歌，可是日月如梭，有一天大家都老去，那些狂朋怪侣都老了，柳永也衰老了，人这一生应该怎样完成自己？什么才是真的有意义的？什么才是真的有价值的？

我们先讲了柳永的生平，现在要再看一首柳永被大家所讥讽的俗词、浪漫的词，我们先念他的《定风波》：

黄金榜上，偶失龙头望。
明代暂遗贤，如何向。
未遂风云便，争不恣狂荡。
何须论得丧。
才子词人，自是白衣卿相。

烟花巷陌，依约丹青屏障。
幸有意中人，堪寻访。
且恁偎红翠，风流事、平生畅。
青春都一饷。
忍把浮名，换了浅斟低唱。

〔黄钟宫〕《鹤冲天》 柳永词
己亥春日 萧丽

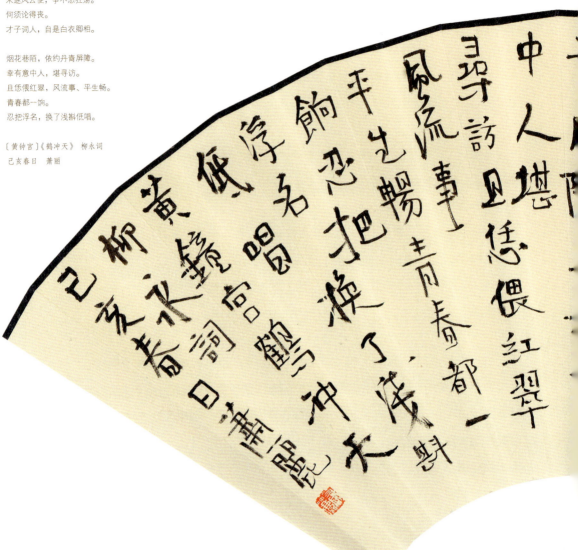

黃金榜上偶失龍頭望明代暫遺賢如何向未遂風雲便爭不恣狂蕩何須論得喪才子詞人自是白衣卿相煙花巷陌依約丹

自春来、惨绿愁红，芳心是事可可。日上花梢，莺穿柳带，犹压香衾卧。暖酥消，腻云亸。终日厌厌倦梳裹。无那。恨薄情一去，音书无个。　　早知恁么。悔当初、不把雕鞍锁。向鸡窗、只与蛮笺象管，拘束教吟课。镇相随，莫抛躲。针线闲拈伴伊坐。和我。免使年少，光阴虚过。

这是写一个女子的相思，她所爱的那个男子走了，所以她说"自春来、惨绿愁红，芳心是事可可"。因为她"恨薄情一去，音书无个"，所以是"暖酥消，腻云亸，终日厌厌倦梳裹"，写的是一个浪漫风流的歌伎在情郎走后的一种情思。柳永写的是俗曲，这种情思是给市井之中的歌伎酒女去演唱，所以他说"暖酥消，腻云亸。终日厌厌倦梳裹。无那。恨薄情一去,音书无个"。"那"字，押韵念nuó。

我们拿温庭筠的《菩萨蛮》做一个对比，"小山重叠金明灭，鬓云欲度香腮雪。懒起画蛾眉，弄妆梳洗迟"，和"终日厌厌倦梳裹。无那。恨薄情一去，音书无个"是同样的感情。柳永所写被人视作浅俗、庸俗，可是你看，同样的感情，都是怀念一个远去的情郎，温庭筠说的是什么呢？是"懒起画蛾眉"，也就是说懒得起来，因为她所爱的人不在。为谁而化妆？"早被婵娟误，欲妆临镜慵。承恩不在貌，教妾若为容。"这是唐朝杜荀鹤的《春宫怨》诗。温庭筠写得很文雅，而且他用的字句都是传统的文字，不像柳永用的都是口头的俗语，所以他说"懒起画蛾眉"，也是"终日厌厌倦梳裹"。"蛾眉"在中国文学史里边是一个文化的语码。在中国文化传统之中，"蛾眉"让人想到屈原的《离骚》，"众女嫉余之蛾眉兮，谣诼谓余以善淫"，这里的"蛾眉"就不再是真实的女子的蛾眉了，而是一个男子自比他才智的美好，所以温庭筠那首词就被清朝的张惠言赞美，说他有屈子《离骚》的这种寄托。

同样的一种感情，都是说情郎不在，懒得梳妆打扮了，柳永写得庸俗，而温庭筠用了很多传统的语码，就显得典雅，显得有深刻的言外之意。而柳永还不只是用这样的俗词，他本人还跟那些女子往来呢！你要知道宋朝像晏殊这样的宰相的家里边都有家伎，家里面就养着一批歌伎。晏殊的儿子晏小山也有很多写美女、爱情的歌词，所以他写小蘋、小云……莲、鸿、蘋、云，一看就是非常典雅的名字，她们是那些贵族仕宦的歌伎。"梦后楼台高锁，酒醒帘幕低垂。去年春恨却来时。落花人独立，微雨燕双飞。　　记得小蘋初见，两重心字罗衣……"（《临江仙》）也是写一个美女，也是写爱情，可是他写得典雅。而柳永给什么人写歌词呢？柳永最爱的一个女子。我说爱，是真正的有感情的爱，其实比那些文人墨客信笔写的歌词感情更真挚。

他所爱的女子不是仕宦人家的家伎，而是那些勾栏之中的妓女。从名字上看就不一样，你看晏小山写的歌词，给那些歌女写的，莲、鸿、蘋、云，都是多么典雅的名字。可是柳永最爱的女子叫什么呢？虫虫。我们现在念一首柳永给虫虫写的歌词《木兰花》：

虫娘举措皆温润。每到婆娑偏恃俊。香檀敲缓玉纤迟，画鼓声催莲步紧。　　贪为顾盼夸风韵。往往曲终情未尽。坐中年少暗消魂，争问青鸾家远近。

自春来、惨绿愁红,芳心是事可可。
日上花梢,莺穿柳带,犹压香衾卧。
暖酥消,腻云䰃。终日厌厌倦梳裹。无那。
恨薄情一去,音书无个。

早知恁么。悔当初、不把雕鞍锁。
向鸡窗、只与蛮笺象管,拘束教吟课。
镇相随,莫抛躲。针线闲拈伴伊坐。和我。
免使年少,光阴虚过。

《定风波》 柳永词
己亥 圆云

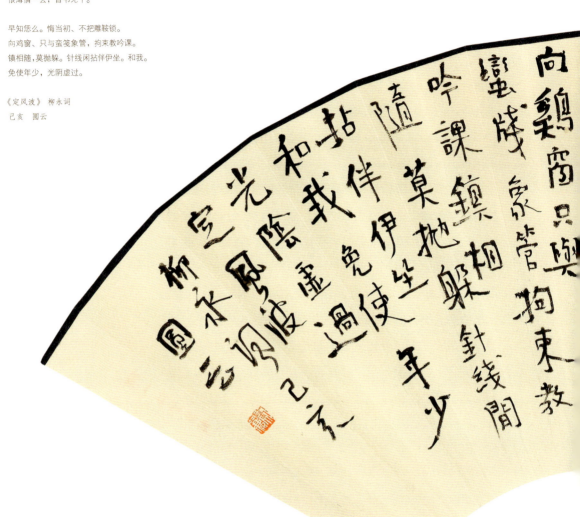

小楼深巷狂游遍，罗绮成丛。
就中堪人属意，最是虫虫。
有画难描雅态，无花可比芳容。
几回饮散良宵永，鸳衾暖、凤枕香浓。
算得人间天上，惟有两心同。

近来云雨忽西东。诮恼损情悰。
纵然偷期暗会，长是匆匆。
争似和鸣偕老，免教敛翠啼红。
眼前时，暂疏欢宴，盟言在、更莫忡忡。
待作真个宅院，方信有初终。

《集贤宾》 柳永词

己亥 萧丽

柳永的感情更真挚。可是因为他所写的对象是个没有文化的人，他只能用这种通俗的言语来表达他的感情。

我们现在知道柳永写了这一类的歌词，所以招致很多人的批评和贬责，我也找到一些资料。先看李清照。和柳永一样，李清照也是宋朝人。李清照在《词论》中说："逮至本朝，礼乐文武大备，又涵养百余年，始有柳屯田永者，变旧声作新声，出《乐章集》，大得声称于世。虽协音律，而词语尘下。"说他虽然音乐很好，能够给很多复杂的乐曲填写歌词，但是"词语尘下"。王灼的《碧鸡漫志》也说了，"柳耆卿《乐章集》"——你看他的词集就叫《乐章集》，因为他是给音乐填写的歌词，而且当时的乐工有了新鲜的、复杂的调子，一定找柳永去给他们填词，所以说"柳耆卿《乐章集》"是"世多爱赏该洽"，很多人都稀罕，"序事闲暇"，说他写得"该洽"。他写的不是只说"终日厌厌倦梳裹""恨薄情一去，音书无个"，他写得非常详细，"该洽"，就是完整详细。"序事闲暇"，他慢慢地叙述，不像小令"懒起画蛾眉，弄妆梳洗迟"，这太简单了，你看刚才我念的柳永那几首词真是"该洽"，真是"序事闲暇"。柳永词"有首有尾，亦间出佳语"，偶然写出来很不错的句子，"又能择声律谐美者用之"，他又能够选择非常和谐美丽的声音、乐律。等一下我们要讲柳永别的词，你会发现柳永的声音格律真是写得非常好。所以他说，他虽然是有这么多好处，"惟是浅近卑俗，自成一体，不知书者尤好之"，没有文化的人更喜欢，比如给虫虫就只能填柳永这样的歌词，因为这样她才懂得。你跟她说"懒起画蛾眉，弄妆梳洗迟"，她还不懂呢。王灼说："予尝以比都下富儿，虽脱村野，而声态可憎。前辈云：'《离骚》寂寞千年后，《戚

他给虫虫写了很多首词,我再念一首比较长的,叫《集贤宾》:

小楼深巷狂游遍,罗绮成丛。就中堪人属意,最是虫虫。有画难描雅态,无花可比芳容。几回饮散良宵永,鸳衾暖、凤枕香浓。算得人间天上,惟有两心同。　　近来云雨忽西东。诮恼损情惊。纵然偷期暗会,长是匆匆。争似和鸣偕老,免教敛翠啼红。眼前时、暂疏欢宴,盟言在、更莫忡忡。待作真个宅院,方信有初终。

"小楼深巷狂游遍",他是寻花问柳。"罗绮成丛",有很多美丽的歌伎、舞女。"就中堪人属意,最是虫虫",这么多美丽的歌伎、酒女,我觉得最让我中意的就是虫虫。这个虫虫怎么美呢?"有画难描雅态,无花可比芳容。""近来云雨忽西东。诮恼损情惊",后来两个人发生了点误会,"纵然偷期暗会,长是匆匆",因为这个女子可能发生了一些事,所以他现在不能常常来见她了,要"偷期暗会,长是匆匆。争似和鸣偕老,免教敛翠啼红",因为虫虫毕竟是个歌伎酒女嘛,那么有别人喊她,她就到别人那里去了。柳永就说了,"争似和鸣偕老",怎么样我才能跟你白头偕老?"免教敛翠啼红",不让你因为我们俩不能见面了而伤心。你有别的约会,所以"眼前时、暂疏欢宴",现在我不能够常常来看你,"盟言在、更莫忡忡",但是我对你有过海誓山盟,所以你不要忡忡,不要烦恼。"待作真个宅院,方信有初终",什么时候我真的有了功名,有了宅院,成了家,你就相信我对你的感情是有始有终的。柳永虽然写得很庸俗,但是从他给虫虫写的词来看,他对虫虫还是有真感情的,希望有个宅院,还能够有始有终。比起《花间集》里那些逢场作戏的歌词,

日日红花,可可心口嗟奇寞柳带花丝双交臆春杏恁这终云慵收侵柳无日厭厭倦梳情那恨薄梳頭无一去音書無早知恁麼悔当初不把雕鞍鎖

小樓深巷狂遊徧羅綺成叢就中堪人屬意最是蟲蟲有畫難描雅態无花可比芳容幾回飲散良宵永鴛衾暖鳳枕香濃算得人間天上惟有兩心同近來雲雨忽西東訴惱損情悰縱然偷期暗會長是忽忽爭似和鳴偕老免教斂

氏》凄凉一曲终。'"(《碧鸡漫志》)《戚氏》就是柳永的一首歌词，这都是批评他的，认为他浅俗。

可是柳永也不甘心啊！宋朝那时候不管是达官贵人，还是里巷的俗俚，大家都是填词的。张舜民《画墁录》记载，柳永有一次去见晏殊，晏殊就问：你是填词的柳三变吗？这个柳永就说了"只如相公亦作曲子"。意思说你是宰相，不是也填词吗？我们上次讲晏殊的词，就讲过"一曲新词酒一杯。去年天气旧亭台"。可晏殊说我虽然填词，却不曾道"针线闲拈伴伊坐"。这是柳永的一首词，讲一位要把情郎留住的女子：我不懂得文字，我要让你在我的旁边，你在那里吟诗写字，我呢？"针线闲拈伴伊坐"，我就拿着针线在你旁边做活计，只要你在我身边，你读书我就做针线。晏殊和其他人一样，认为他写得俗。

严有翼《艺苑雌黄》评说，"柳之《乐章》"，他的《乐章集》，"人多称之，然大概非羁旅穷愁之词，则闺门淫媟之语，若以欧阳永叔、晏叔原、苏子瞻、黄鲁直、张子野、秦少游辈较之，万万相辽"，与这些人相差还远，"彼其所以传名者，直以言多近俗，俗子易悦故也"，这还是批评他坏的。

以上这些是说柳永坏话的，但是也有人说他的好话。刚才说的是毁，现在我们说誉。

周济的《介存斋论词杂著》说"耆卿为世訾謷久矣"。"訾謷"就是批评，说他不好的话。"然其铺叙委宛，言近意远，森秀幽淡之趣在骨。耆卿乐府多，故恶滥可笑者多，使能珍重下笔，则北宋高手也。"

我们再看郑文焯论词，说"屯田则宋专家，其高浑处不减清真，长调尤能以沉雄之魄，清劲之气，写奇丽之情，作挥绰之声"

(《郑大鹤先生论词手简》),"冥撑其一词之命意所注,确有层折;如画龙点睛,神观飞跃,只在一二笔,便尔破壁飞去也"(《裛碧斋词话》引)。

还有冯煦在《蒿庵论词》中所说:"耆卿词,曲处能直,密处能疏,奡处能平,状难状之景,达难达之情,而出之以自然,自是北宋巨手。然好为俳体,词多媟黩,有不仅如《提要》所云'以俗为病'者。"

好,我们讲了关于柳永词的毁誉,我们现在要对这些毁誉做个评议。我们来看几首不俗滥的词,先看他最有名的一首词,苏东坡所赞美欣赏的《八声甘州》:

对潇潇、暮雨洒江天,一番洗清秋。渐霜风凄紧,关河冷落,残照当楼。是处红衰翠减,苒苒物华休。惟有长江水,无语东流。　不忍登高临远,望故乡渺邈,归思难收。叹年来踪迹,何事苦淹留?想佳人、妆楼颙望,误几回、天际识归舟。争知我、倚阑干处,正恁凝愁。

柳永写的词多半写秋天的景色,他对于秋天的景色写得非常好。你看他说"对潇潇、暮雨洒江天,一番洗清秋",我小的时候在北京,有句俗话说"一场秋雨一场寒",现在也还是同样的天气,你看前两天非常炎热,下一场"潇潇暮雨",马上就感到秋天来了,就寒气袭人、暮叶黄落了。所以"对潇潇、暮雨洒江天,一番洗清秋。渐霜风凄紧,关河冷落,残照当楼",这是秋天的景色。"是处红衰翠减","是处"就是到处,花落了,叶子也落了,"红衰翠减,苒苒物华休","苒苒"就是慢慢地移动,

"物华",一年之内万物的芳华,"休",都消失了。"惟有长江水,无语东流",现在不改变的只有长江的水。

我们常常讲唐诗很好,唐诗为什么好?唐朝的诗是兴象高远,它带着一种兴,是一种感发,而那种感发是从非常高远的境界写来的。像李太白说"噫吁嚱,危乎高哉!蜀道之难,难于上青天!"(《蜀道难》)"朝辞白帝彩云间,千里江陵一日还"(《早发白帝城》),像杜甫说"玉露凋伤枫树林,巫山巫峡气萧森。江间波浪兼天涌,塞上风云接地阴"(《秋兴八首》其一),就是唐人的诗气象开阔、高远,而且是带着感发的力量。

他们所写的景色高远,而且景色里面带着非常丰富的兴发感动的力量,后来的贾岛写什么?"鸟宿池边树,僧敲月下门"(《题李凝幽居》),是"僧推月下门",还是"僧敲月下门"?讲究"推敲"。他写的景物很狭窄,而且强调字句的计较,一个字就斟酌半天。而李白、杜甫,"君不见黄河之水天上来"(李白《将进酒》),"无边落木萧萧下"(杜甫《登高》),脱口而出,那么高远,带着那么丰富的感发。

小的作者,他的兴发感动的力量不够,所以一个字一个字在那里凑,凑了半天还犹豫是"推"好还是"敲"好呢?"二句三年得",我三年才作出来,"一吟双泪流"(贾岛《送无可上人》诗后自注),显得小家子气。可是人家柳永虽然是写词,但是有唐人的气象,写景色写得开阔高远,而且充满了兴发感动的力量,这首《八声甘州》,有气象,且气象高远,带着丰富的兴发感动的力量。

这首词接下来写道:"不忍登高临远,望故乡渺邈,归思难收。"柳永写秋天写得好。古人说,春女善怀,秋士易感。春

▲
五湖烟浪,一船风月。

己亥 圆云

天的花开了,女子游园,看到花红柳绿的美丽景色,就想要有一段爱情。可是男子对秋天的感慨更深,女子是追求爱情,男子则是追求事功。"悲哉秋之为气也,萧瑟兮草木摇落而变衰。"这是宋玉《九辩》说的。屈原也说:"日月忽其不淹兮,春与秋其代序。惟草木之零落兮,恐美人之迟暮。"(《离骚》)屈原所说的美人不是指美女,而是指一个有才华、有理想的男子,到了秋天是应该完成自己的时候。杜甫写过一首诗,叫《除架》,讲秋天摘了瓜之后把瓜架拆除了,里面有两句说得非常好:"幸结白花了,宁辞青蔓除。"我结了白色的花,我不只是开了白色的花,我是"结",这个"结"字说得很好,"幸",我很幸运,"幸结白花了",我开了花,结了果,我到了秋天要把架子拆除,我的生命终了了,我对得起这个生命。《圣经》上保罗说,那美好的仗我已经打过了,当跑的路我已经跑尽了,所信的道我已经守住了。所以秋天就要看你有没有完成你自己。

柳永的悲哀就在刚才我们念的那一首《戚氏》中,"当年少日,暮宴朝欢。况有狂朋怪侣,遇当歌、对酒竟留连"。可是现在呢?狂朋怪侣不在,大家都老去了,你柳永留下了一些什么东西?也正因此柳永写秋天的词写得特别好,他很多词都是写秋天的。秋士易感,到了秋天你完成你自己了吗?这"是处红衰翠减,苒苒物华休。惟有长江水,无语东流",滚滚长江东逝水,浪花淘尽了英雄,无语东流。

柳永说:"不忍登高临远,望故乡渺邈,归思难收。叹年来踪迹,何事苦淹留?想佳人、妆楼颙望,误几回、天际识归舟。"他毕竟是个男子,你不能一辈子听歌看舞,总要有一条谋生之道,所以他要出去,要奔波,要在各地方求得一个官职,求得一个禄位。他说"不忍登高临远",我真是不忍心登高向远方望,因为什么呢?"故乡渺邈",我的家,我所爱的人目前渺邈。"归思难收",我真是想回家,可是我现在回不去。"叹年来踪迹,何事苦淹留?"这么多年,我为什么留在外边?为什么为这个功名利禄而奔波呢?"想佳人、妆楼颙望,误几回、天际识归舟。"我想家里边我所爱的那个人,她一定在怀念我,她在妆楼上远望。远行的人一直没有回来,"误几回、天际识归舟"。天际是归人。他说,他是对他家里所爱的人说:"争知我、倚阑干处,正恁凝愁。"你想念我,以为我不回去,我何尝不想回去?你怎么会知道我靠在栏杆旁边的时候,也在凝眸向我的故乡遥望,也在怀念你,可是我为了谋生不得不离开你们。

所以我们现在就再看他的一首词,《凤归云》,还是写秋天:

向深秋,雨余爽气肃西郊。陌上夜阑,襟袖起凉飙。天末残星,流电未灭,闪闪隔林梢。又是晓鸡声断,阳乌光动,渐分山路迢迢。　　驱驱行役,苒苒光阴,蝇头利禄,蜗角功名,毕竟成何事,漫相高。抛掷云泉,狎玩尘土,壮节等闲消。幸有五湖烟浪,一般风月,会须归去老渔樵。

"向深秋,雨余爽气肃西郊。"已经是深秋了,已经到了九月下旬的深秋,下了一场雨,知道天气冷了,在西城的郊外,你产生了萧索凄凉的感觉。"陌上夜阑,襟袖起凉飙。"柳永真是写得好,其实他不是用陈言俗句,而是要写他作为一个男子,不得不为了事业,在路上奔波。别人写的诗词很多都是现成的语句,"一曲新词酒一杯。去年天气旧亭台"(晏殊《浣溪沙》),也很好。

可是柳永真的是写实，而且不是闺房之中的，不是写小园香径，而是写在秋天寒冷的下过雨的郊外奔波。"陌上夜阑"，天还没有完全亮，我就出来了，温庭筠写"鸡声茅店月，人迹板桥霜"（《商山早行》），因为你要赶路，所以天还没有亮就起来上路了。长夜漫漫，现在天都亮了起来，"襟袖起凉飙"，就是天快要亮的时候，那时风是最冷的，天气是最冷的。

柳永写实写得生动，写得真切，"襟袖起凉飙"，古人都是宽衣，带起一阵一阵早晨的寒风，他写得最真，是写实。"天末残星，流电未灭，闪闪隔林梢。"当天还没有完全亮的时候我就上路了，天末的残星、闪电的光亮，"闪闪隔林梢"，隔着远处的树林，不时都能望见。"又是晓鸡声断，阳乌光动，渐分山路迢迢。"现在他说天破晓了，鸡声叫过了。阳乌就是太阳，乌是太阳里边的三足乌，所以我们说太阳是阳乌。说天还没有亮我就出来了，"陌上夜阑，襟袖起凉飙"。看见远远的天幕流亮未灭，"闪闪隔林梢"，柳永真是写得好，他不用陈言，不用俗句，写的是真正亲眼所见的、真切的景物。"又是晓鸡声断"，早晨天刚亮的时候鸡就打鸣，这鸡鸣已经过去。"阳乌光动"，这时候太阳就越来越亮，已经升上来了，太阳出来了，所以天亮了。"渐分山路迢迢"，我从天没有亮就出来，朦朦胧胧的，现在太阳慢慢地出来了，我在山林之中渐渐看到山路迢迢，前路茫茫。

我要奔波在崎岖的小山路上，"驱驱行役，苒苒光阴"。"驱驱"，匆匆忙忙就在路上奔波，"苒苒光阴"，而我这样奔波在路上为了什么？"蝇头利禄，蜗角功名"，追求利禄功名，功名值得了多少？那微薄的俸禄，如蜗角功名。我做了杭州令，做了盐场的管理，为了这样卑微的官职，我奔波在道路之上，蜗角功名，蝇头利禄。"毕竟成何事",我这一生究竟完成了什么呢?"漫相高",你还夸耀说我要做官,要追求功名利禄,谋到个官职还得意得不得了。"抛掷云泉,狎玩尘土,壮节等闲消。"我本来应该在白云林泉之间的,我喜欢那种隐居的逍遥自在的生活,我抛掷了云泉,狎玩尘土,我所亲近的,每天我身边接触的是什么?就是路上的尘土。李商隐也写过"路绕函关东复东,身骑征马逐惊蓬"(《东下三旬苦于风土马上戏作》),我骑着一匹瘦马,围绕着函谷关由东向西又由西向东地走过来,去往函谷关的长安追求功名,不是这样的吗?所以辛稼轩晚年罢官之后,说"不向长安路上行"(《鹧鸪天》)。现在是"蝇头利禄,蜗角功名,毕竟成何事,漫相高。抛掷云泉,狎玩尘土"。每天征尘仆仆的,古代没有马路,风吹过来都是沙石,都是尘土。"抛掷云泉,狎玩尘土,壮节等闲消。""壮"是强壮的时候,"节"是说志节,你的理想,你的操守,你的志节,"壮节等闲消",都消磨掉了。

柳永当年何曾不想有所成就,有所建树,所以他说"黄金榜上,偶失龙头望",我本来以为以我的才华,黄金榜上我是龙头。可是他仕宦非常不得意,就因为他填写俗曲。所以他说"壮节等闲消","幸有五湖烟浪",有美好的大自然,不在乎世界上的富贵荣华求不到。"一船风月",苏东坡说的"惟江上之清风,与山间之明月,耳得之而为声,目遇之而成色,取之无禁,用之不竭,是造物者之无尽藏也,而吾与子之所共适"(《赤壁赋》)。这世界之上供你享受的,不是那功名利禄,"非吾之所有,虽一毫而莫取",我如果能坐着一只小船,乘着清风,对着明月,"挟飞仙以遨游,抱明月而长终",我愿终老在云桥之间,这是

向深秋，雨余爽气肃西郊。
陌上夜阑，襟袖起凉飙。
天末残星，流电未灭，闪闪隔林梢。
又是晓鸡声断，阳乌光动，渐分山路迢迢。

驱驱行役，苒苒光阴，蝇头利禄，
蜗角功名，毕竟成何事，漫相高。
抛掷云泉，狎玩尘土，壮节等闲消。
幸有五湖烟浪，一船风月，
会须归去老渔樵。

《凤归云》 柳永词

己亥春日　萧丽书

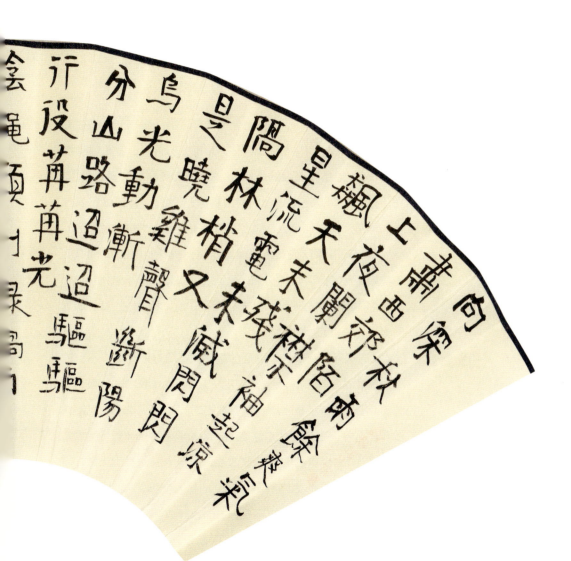

柳永

柳永的悲哀。他写了很多首词，写秋天的景色写得最好。

我们现在再念他晚年所写的一首词，是他的《蝶恋花》：

伫倚危楼风细细。望极春愁，黯黯生天际。草色烟光残照里。无言谁会凭阑意。　　拟把疏狂图一醉。对酒当歌，强乐还无味。衣带渐宽终不悔。为伊消得人憔悴。

"伫倚危楼风细细"，我一个人站在这里，靠在一个高楼的旁边，有微风吹过来。"望极春愁，黯黯生天际"，我极目望那无边的春色，都是我无边的哀愁。"草色烟光残照里"，青草碧色、烟光、春天的烟霭迷蒙，我们中国喜欢说"烟柳"，烟就是雾气朦胧的样子。我在加拿大任教的英属哥伦比亚大学面临着远山、远海，有一天下课我跟女儿从操场走过，说看到山上有一层烟，女儿说妈妈你错了，烧火才有烟，那不是烟，是雾，她很科学。其实我们中国向来都说烟，烟柳、烟花，所以柳永说"草色烟光残照里。无言谁会凭阑意"。

"拟把疏狂图一醉"，疏是放开，我不受这个约束，不受这些虚伪的礼法的限制，我放开来喝一场酒。"对酒当歌，强乐还无味。"可是当我对着酒杯，要唱歌的时候，发现我现在已不再是少年时代了，少年时代"暮宴朝欢。况有狂朋怪侣，遇当歌、对酒竞留连"，少年的时候听歌饮酒，浪漫洒脱，对酒当歌，可是现在呢？"衣带渐宽终不悔。为伊消得人憔悴。"他就是为那一个他所爱的人憔悴。他不是跟虫虫说吗？我要建一座宅院，当我有了功名、有了成就就成家，跟你正式地结婚。"衣带渐宽终不悔。为伊消得人憔悴。"我为你过这样的生活，所以"为伊

《凤栖梧》 柳永

伫倚危楼风细细。
望极春愁,黯黯生天际。
草色烟光残照里。
无言谁会凭阑意。

拟把疏狂图一醉。
对酒当歌,强乐还无味。
衣带渐宽终不悔。
为伊消得人憔悴。

己亥　圆云

消得人憔悴"。

这还不是他最悲哀的一首词,他写得更悲哀的是他晚年的一首《少年游》:

长安古道马迟迟,高柳乱蝉嘶。夕阳鸟外,秋风原上,目断四天垂。　　归云一去无踪迹,何处是前期?狎兴生疏,酒徒萧索,不似少年时。

写得真是很好,比如长安道上感受到的东西,多少人为了功名利禄奔波在长安道上,"长安古道马迟迟",柳永也曾经在长安道上奔跑,现在衰老了。如果柳树的枝叶很茂密,就不显得高,等枝叶稀疏了,你会觉得它很高。北方有很多蝉,我们叫知了,"高柳乱蝉嘶"。"夕阳鸟外,秋风原上。""夕阳鸟外",有的版本是"夕阳岛外",是错的,长安道上没有岛。"夕阳鸟外"化用的是杜牧《登乐游原》中的诗句:"长空澹澹孤鸟没,万古销沉向此中。"你看到长空,淡淡的长空,一只鸟远远地消失在天边了,"夕阳鸟外",鸟是消失在天边的,夕阳的消失更在飞鸟之外,写得真是很仔细啊。一天的迟暮,日落的时候,黄昏、夕阳、鸟外,那种消逝的感觉特别凄凉,太阳一去不回了,鸟消失在天空,"长空澹澹孤鸟没"。"夕阳鸟外,秋风原上",在中国古代是没有柏油路的,一阵秋风,沙土从地上吹过来。李商隐说:"路绕函关东复东,身骑征马逐惊蓬。""夕阳鸟外,秋风原上,目断四天垂",我向四方望去,天地之间,我的家在哪里?我的归宿在哪里?我的生命的意义和价值在哪里?"目断四天垂。"

"归云一去无踪迹,何处是前期。"陶渊明写过一组诗《咏贫士》,"万族各有托,孤云独无依",天地万物都有一个依托,鱼游在水里,树长在地上,天上那一片云,上不在天,下不在地,不在水中,也不在陆上,真是无依无靠一朵云。有一刻天上缥缈的白云在空中消失了,"何时见余晖",你什么时候能够再看到这一朵云的天光云影?朱自清说:"燕子去了,有再来的时候;杨柳枯了,有再青的时候;桃花谢了,有再开的时候。"(《匆匆》)可是天上的云消失了,它还有再来的日子吗?没有了,所以陶渊明说"暧暧空中灭,何时见余晖"。

"归云一去无踪迹,何处是前期?"你有多少期待,有多少盼望?你以前曾经有过的,现在都到哪里去了?什么是你当初的理想?什么是你当初的愿望?"狎兴生疏,酒徒萧索,不似少年时。"狎是狎玩,不太正当的、狂朋怪侣之间的行为就是狎,当时我有兴致,可以呼朋唤友,可以痛饮听歌,可是现在一个人老去,"狎兴生疏",再没有精力去呼朋唤友,也没有精力去狂饮听歌,"狎兴生疏,酒徒萧索",当时跟你饮酒的那些狂朋怪侣也都不见了。人终究都会老去,也许这几年你和这几个朋友在一起过得很好,可是人生终究是会消失的。柳永写景,真是写得真切,写他的感情、悲哀,也写得非常细致,可是我们要讲的还不是如此,我想说柳永这个人虽然平生不得志,做官做得也不高,可是他如果做官,会是一个非常好的、亲政爱民的官吏。所以我们现在要讲他的一首《鬻海歌》:

鬻海之民何所营?妇无蚕织夫无耕。衣食之源太寥落,牢盆鬻就汝输征。年年春夏潮盈浦,潮退刮泥成岛屿。风干日曝咸味加,始灌潮波塯成卤。卤浓咸淡未得闲,采樵深入无穷山。豹踪虎迹不敢避,朝阳出去夕阳还。船载肩擎未遑歇,投入巨灶炎炎热。晨烧暮烁堆积高,才得波涛变成雪。自从潴卤至飞霜,无非假贷充糇粮。秤入官中得微直,一缗往往十缗偿。周而复始无休息,官租未了私租逼。驱妻逐子课工程,虽作人形俱菜色。鬻海之民何苦辛,安得母富子不贫。本朝一物不失所,愿广皇仁到海滨。甲兵净洗征输辍,君有余财罢盐铁。太平相业尔惟盐,化作夏商周时节。

  以前大家不知道这首《鬻海歌》,所以就认为柳永只是一个听歌饮酒、只知道流连花丛的人,可是你看到这首《鬻海歌》就明白了。以前编纂的柳永诗集都没有收入他的《鬻海歌》,《鬻海歌》不在文集里面,不在诗集里面,不在词集里面,那在哪儿呢?在《大德昌国州图志》这样一个地方志里。有时候地方的方志有很多材料,像我当年写吴文英的词,介绍他的《齐天乐·与冯深居登禹陵》,有很多典故都是通过方志才查出来,而且方志历年都有编修,是哪一年的方志才有记载,有时候我要一一排查。《齐天乐·与冯深居登禹陵》写到禹庙时,说禹庙梁上有水藻,是因为半夜里梁变成一条龙,下到水里去跟龙战斗,这种记载只有在当年的方志中才能看到,也是偶然才有的记载。

  柳永的这首《鬻海歌》以前从来没有人知道,后来加拿大英属哥伦比亚大学的梁丽芳在二十世纪六七十年代跟我写论文,写柳永的词,她很用功,而且我们大学收录的各个地方的方志非常多,她就在这里面查到了这首《鬻海歌》。她的论文写柳永的词,后来我写柳永的词就用了我的学生查到的这些资料和这首《鬻海歌》,所以我在我的论词初稿,在我跟缪先生合写的《灵谿词说》里,都用了这个。所以现在大家编写柳永的词就都把《鬻海歌》用上去了。《大德昌国州图志》中的大德是元朝的一个年号,这本大德年间编的昌国州图志,记载了这篇《鬻海歌》。

梁丽芳是位华人,现在已经是一个退休的教授了。她本来是跟我学词的,但因为觉得诗词毕竟是古代的东西,而我们的新中国千变万化,我们的小说也一代有一代的豪俊和英才,所以后来她就将兴趣转向了中国的现当代小说。回到柳永这首词,为什么叫《鬻海歌》呢?柳永在底下有一个小注解,说这是为晓峰盐场官作,晓峰是一个地名,位于浙江滨海,这里生活着很多盐民,因为海水都带着盐,所以很多海边的人就把海水拦下来积存,然后晒干,把沙子冲走,熬煮成盐。海边的盐民,一直是非常穷苦的。

我在台湾教书的时候遭遇了白色恐怖,我先生被关起来,我也曾经被关过,但相比之下关押的时间很短,因为我有吃奶的小孩,我就被放出来了。原来的公营学校我就不用去了,因为我们的学校从校长以下还有六个教师都被关起来了,说是有"匪谍"的嫌疑,这是台湾的白色恐怖,于是我就无家无业。我曾经寄人篱下,带着我的女儿打地铺,最后好不容易找到台湾南部的一个学校去教书。我要去教书,但有一个吃奶的孩子,所以请了一个女工,在我上课的时候帮我看孩子。有的时候我们煮一锅饭,一般我们妇女吃一碗,或者吃两碗饭,可是我请的女工一顿把一锅的饭都吃了。台湾是出产香蕉的,她说她没有吃过香蕉,为什么?因为她是台湾南部靠海的盐民,她真的是从来没吃过白米饭,从来没有吃过香蕉,盐民生活是非常艰苦的。

而柳永曾经在晓峰盐场做过官,所以他就写了《鬻海歌》,这首诗体现了柳永的另一面。我们讲了他浪漫的一面,讲了他追求功名的不得已的一面,现在我们谈谈他真正做官的时候是什么样子。

"鬻海之民何所营?妇无蚕织夫无耕。"那海边真是盐碱地,什么都没有,万物不生。妇女不能够养蚕,不能够纺织,丈夫也没有土地可以耕种。"衣食之源太寥落",但我活在世上,要穿衣要吃饭怎么办?就"牢盆煮就汝输征",牢盆就是熬盐的那个盆,把这个牢盆里面的盐熬出来,熬出来怎么样?熬出来你就要把盐交公,因为盐是归公家所管的,"输"就是输给政府,"征"就是来征收的。"年年春夏潮盈浦,潮退刮泥成岛屿。"每一年春夏,海边有潮水涌来,"春夏潮盈浦",退去后就有一些海水的盐分留在岸边的沙土之中了,潮退刮泥,把海边含着海盐的泥积攒起来,一个一个堆成小岛。"风干日曝咸味加,始灌潮波塯成卤。"海水风干了,再经过日晒,那个盐堆里面的盐就越来越咸了。这个时候还要灌水,把泥沙冲去留下那个盐,"始灌潮波塯成卤",又用水把那个盐冲出来,把沙子过滤出去。"卤浓盐淡未得闲",这个卤要经过几次的晒、几次的冲刷,由盐民尝一尝这个盐的味道够不够。"卤浓盐淡未得闲",他一直不得清闲,一直都在忙碌,他要熬盐,要煮,把水煮干了,把盐留下。烧火要用柴禾,所以盐民还要去找柴禾,就要"采樵深入无穷山"。山上有老虎有豹,所以他说"豹踪虎迹不敢避"。为了谋生盐民要砍柴,不得不去山林里面,所以"朝阳出去夕阳还",一早就出去砍柴,晚上才回来。"船载肩擎未遑歇，投入巨灶炎炎热。"砍来的这些木柴用船运回来在海边，或者盐民用肩膀扛回来，一年都没有休息的时间。投入巨灶，把砍的柴投进去烧火。"晨烧暮烁堆积高"，早晨也熬，晚上也熬，慢慢地把水分冲走了，把盐粒留下来。"才得波涛变成雪"，盐民把那脏的东西都冲洗净了，把泥沙都冲洗净了，经过这么一年的辛苦，才有雪白的盐粒出现。"自从潴卤至飞霜，无非假贷充糇粮。"盐民要把这个盐水存下来，把海水存下来，在晒出盐之前的这一年里，为了生存，盐民得到处借钱。"秤入官中得微直，一缗往往十缗偿。"他说我们好不容易熬出盐来，政府就来征这个盐了。"往往十缗偿"，它应该值十串钱，他就给我们一串钱，因为这是政府征的嘛，是官盐。"周而复始无休息，官租未了私租逼。"年年如此劳动，年年收留海水和潮水，年年要冲，年年要熬煮，年年要砍柴。政府征的盐还没有纳完税，借的这个债却要还了。"驱妻逐子课工程"，一家人都要劳动，你的妻，你的孩子，规定都得工作。"虽作人形俱菜色"，柳永在那个地方做官，亲眼看到这些人的劳苦生活，他们虽然是人，但是都面黄肌瘦的，脸都有菜色，所以"虽作人形俱菜色"。"鬻海之民何苦辛"，他们这些海边的鬻海之民这么辛劳。"安得母富子不贫"，我们怎么能够改善他们的生活，让他们的父母、子女都能够有富足的生活？"本朝一物不失所"，这是献给上面的官吏的话，他说宋朝朝廷本是治理得很好的，万物各得其所。"愿广皇仁到海滨"，你不要以为你丰功大业的人民就都过好了，你要看一看海边的盐民过的是什么生活。"甲兵净洗征输辍"，希望我们国家既不打仗，也不再征收盐税。"君有余财罢盐铁"，盐铁都是官营的，希望朝廷有多余的钱财，不要再征收这些盐民或者打铁的人的税。"太平相业尔惟盐,化作夏商周时节。"他说你如果在朝廷做到宰相的地位,伟大的功业在什么呢?就是做盐。什么叫宰相要做盐呢?这出自《尚书》,说当时殷商的天子要求贤臣,梦到了傅说,后来找到了傅说这个人,对傅说说我们的这个朝廷,"尔惟盐梅",意思是你来到我们朝廷做官,你就是盐跟梅,梅是酸梅。那时还有酿醋之类的事情,盐、梅是调理餐饮的滋味的。老子说"治大国若烹小鲜",我们如果把治理一个国家比作炒一锅菜,你里面要放调料,要放盐,要放酸的梅,你作为一个宰相治大国就如同做一大锅菜,你就是那个调味品,要把这个滋味调得合适。所以他说"太平相业尔惟盐",你就要把国家治理得好。"化作夏商周时节",能够使我们宋朝变成我们所说的三代盛世。

像《大德昌国州图志》这种地方志,记载地理和物产,还记载名宦,也就是在这个地方最有德政、最使人民怀念的官员,《大德昌国州图志》不但记载了柳永的那一首诗,而且在它的《名宦篇》里也有柳永的名字。当时的所谓大德昌国就在海边,记载的名宦不多,而柳永是其中的一个,所以我们既应看到他的浪漫的被人批评的歌词,也应看到他写的秋士易感的悲慨。柳永不只是做盐场的官做得很好,《余杭县志》记载,他在杭州也做过官,在《余杭县志》里面也有《名宦传》,柳永仁宗景祐年间做过余杭县的县令,"长于词赋",就是写诗、写文章很好。他这个人"风雅不羁",风流浪漫、不拘小节,可是你不要只看他听歌看舞的一面,你要看他的政绩,看他做官怎么样。《余杭县志》卷二十一《名宦传》引旧县志说他"而抚民清静,安于无事,百姓爱之",当地的老百姓是很爱他这个县令的。

我们现在对柳永各方面都有了认识和了解，可以给柳永一个更公平的认识和评价。而且他写虫虫的那些词，虽然我们从时代的眼光看有些俗滥，可是对于虫虫这个根本没有受过教育的女子来说，他写得是非常朴实的，而且我们看到他为虫虫想了很多，将来我要做个宅院，跟你正式地结婚，比《花间集》里那些不把歌伎酒女当人、没有严肃感情的人，要强得多。那些人对于女子只是逢场作戏，只是满足自己的欲望，没有什么真实的感情，只是把她们当作娱乐的、满足情欲的工具。

我们对柳永词的毁誉要有一个公平的看法，不但看他的词，而且看他的那些政绩，看他暮年的生活。"归云一去无踪迹，何处是前期？狎兴生疏，酒徒萧索，不似少年时。"你少年时听歌看舞竞留连，有没有想将来如果有一天真的到了迟暮，到了老年，回顾你的一生成就了什么，完成了什么，会不会像杜甫所说的，"幸结白花了，宁辞青蔓除"，该得到的得到了，该守住的已经守住了，该离开的时候就离开，应该走的路也走了，没有遗憾，所以他说"幸结白花了，宁辞青蔓除"，而柳永觉得"狎兴生疏，酒徒萧索，不似少年时"。我们现在是给柳永一个我认为公平的评价。

长安古道马迟迟,高柳乱蝉嘶。
夕阳鸟外,秋风原上,目断四天垂。

归云一去无踪迹,何处是前期?
狎兴生疏,酒徒萧索,不似少年时。

《少年游》 柳永
己亥　圆云

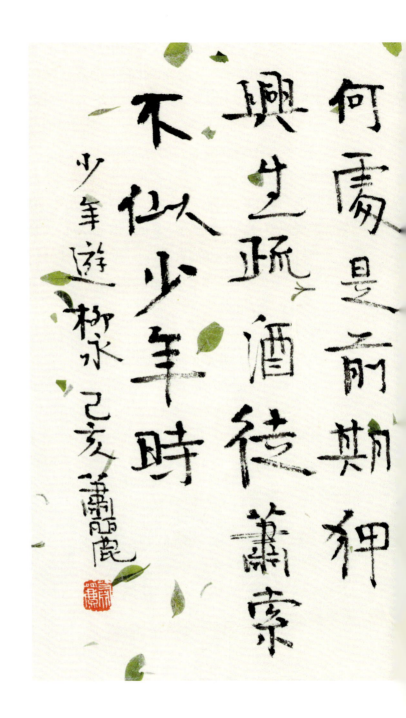

長安古道馬遲遲高柳亂蟬嘶夕陽鳥外秋風原上日斷四天垂歸雲一去先後亦

——苏轼

●● 柳永在词的发展历史上是非常重要的一个人。因为词本来是歌词，是按一个歌曲的调子填的歌词，可是我们大多数的人，包括我在内，已经不知道那个音乐的调子怎么唱了，我只是按照格律把歌词填写进去。柳永是懂音乐的，所以他的词有很多长调，音乐非常复杂。过去南唐的词作者冯延巳、李后主，西蜀的词作者韦庄，他们不敢填，因为他们不懂得音乐，那个太复杂了。柳永懂得音乐，所以他能够把敦煌曲子词里面很多复杂的长调的调子都填写出来，这是他的一个贡献。

再有，我们看《花间集序》说，词不过是绮筵公子、绣幌佳人，在一个酒席、歌舞宴会的场合上，让那些有文采的诗人文士给美丽的歌女写作歌词。词写的是什么呢? 春花秋月，我们的爱情，我对你的怀念，就是这样子。它的范围都在闺阁园庭之中。一直到北宋初年，晏殊跟欧阳修所写的词的内容还是闺阁园庭之中的，如"去年天气旧亭台""小园香径独徘徊"，都是闺阁园庭的景物。可是柳永呢，他一生漂泊，为了衣食，为了考试，各地奔忙。他没有晏殊那么幸运，十几岁不用参加考试就是进士了，不用参加考试就到朝廷里做很高的官了。柳永要在这个道路上奔波劳碌，所以他的眼界打开了，他跳出了闺阁园庭，所以能写出高远的景色。

我们也看了柳永的一首词，"雨余爽气肃西郊"，他写早晨破晓的光景，是"晓鸡声断，阳乌光动，渐分山路迢迢"(《凤归云》)，这是我们念过、讲过的，他也写过"对潇潇、暮雨洒江天，一番洗清秋"(《八声甘州》)，他写的词眼界很开阔，这是绝对不能抹杀的。没有柳永，其实就没有后来的苏东坡(苏轼，字子瞻，号东坡居士)。

虽然苏东坡本人要跟柳永比较，说我比柳耆卿怎么样，但我们今天要看的，是苏东坡对柳永的反应，苏东坡对柳永的看法。他是先要表现他跟柳永的不同，因为柳永写的多是与那些歌伎酒女的爱情，苏东坡说，我"颇作小词，虽无柳七郎风味，亦自是一家"（《与鲜于子骏》）。这是苏东坡表现他不受柳永的影响，这是苏东坡在他写了猎于郊外的那首豪放词"老夫聊发少年狂。左牵黄。右擎苍"（《江城子》）以后，他觉得他跟柳永不同了，"令东州壮士抵掌顿足而歌之，吹笛击鼓以为节，颇壮观也"。事实上，苏东坡早年的词是颇受柳永影响的。

苏东坡曾写过一首《一斛珠》。他当时多大？二十一岁，很年轻。写的是什么？"洛城春晚"，洛阳一个暮春的季节；"垂杨乱掩红楼半"，有小红楼，外面有柳树；"小池轻浪纹如篆"，一阵风过，"风乍起，吹皱一池春水"（冯延巳《谒金门》）；"曾醉离歌宴"，那个时候我跟你离别了，我们一起饮宴，你给我唱过歌。"自惜风流云雨散"，我就很可惜，我们这一段风流浪漫的感情，现在都过去了；"关山有限情无限"，我离开你很远了，有关山的阻隔，可是我对你的感情是无限的。"待君重见寻芳伴"，你是不是又找了另外寻芳的伴侣呢？"为说相思，目断西楼燕"，我告诉你，我还是很怀念你的，我看着远方的燕子，南飞北去的，我就想念你。这是什么？这是关于女孩子的爱情的闺阁园庭的词，这是《花间集》的风格。所以你们要知道，苏东坡早期的词是模仿过《花间集》跟柳永词的。

苏东坡这个人，大才，无所不能，什么都要试一试。试了以后，他自己有新的开拓。他最有名的一首词就是他很得意的，说我没有柳七郎的风味，也自是一家的那一首，就是《江城子》。《江城子》是词的牌调,并不是一个题目。《江城子》这个牌调,有的时候也叫作《江神子》。写作这首词的时候是在神宗熙宁八年(1075),苏东坡四十岁,他在密州做官的时候。熙宁八年他有什么经历?他在干些什么事?苏轼考上进士以后,因为文章写得好,本来朝廷就想用他。可是他的母亲去世了,中国古人父母之丧是三年,所以就回到老家三年不能工作。母亲的丧期满了,苏轼再回到首都,不久以后他父亲死了,又是回到老家三年不能工作。一个人年轻时最好的光阴,至少有六年他是不能做官的。等到父亲的丧期满了,苏轼再回到朝廷,仁宗已经死了,神宗继位了,神宗任用了王安石,天下变法。而苏东坡从四川到北宋的都城汴京,一路上由南到北,经过好多的州县,看到新法给老百姓造成了很多的痛苦。

苏东坡这个人最大的优点就是诚实、忠正,他一定说自己的话,一定主持着正义,他不会苟且地在朝廷上附和人家。所以他来了就说新政的缺点,那主张新政的人当然就反对他,就说不要把他留在这里了,让他出去吧。熙宁四年,他三十六岁了,有通判杭州之命,让他到南方远远地做个通判,通判是一个县政府之下非常卑微的小官,什么政事都管不了。可是这下苏东坡得其所在,我既然不管政事,就不能辜负杭州西湖的那些美景,所以这个时候苏东坡写了很多首诗词,"水光潋滟晴方好,山色空蒙雨亦奇。欲把西湖比西子,淡妆浓抹总相宜"(《饮湖上初晴后雨二首》其二),他过了一段好日子。

那新党的人想,我们把他贬出去,他反而自得其乐,再贬!所以就不让他在杭州待着了。让他到哪里去呢?就把他调到密州去做知州。密州这个地方,有的时候干旱,夏天不下雨,就闹了旱灾。而密州城郊外有一个山,叫作常山,常山上面有一个小庙,供奉着一些神灵。当地传说,如果有干旱,就到常山的神祠上去祈雨,上天就会降下雨来。所以苏东坡就去祈雨,果然就得到雨了,这是夏天的干旱,夏天的祈雨。到了秋冬的时候,就去还愿。这都是他那时候写的,他到常山去还愿,祭祀常山上的那些神灵,然后经过这些山野的时候,他兴致大发。因为他作为地方的长官,干旱求雨,雨也下来了,现在收成很好,所以他很得意,祭祀常山回来就带着一批人出猎,这是苏东坡第一次改变作风的词。

"老夫聊发少年狂","发"是入声字,一定要念成仄声。"左牵黄。右擎苍",这是一个典故,说的是秦朝时候的李斯。李斯曾经变法,也曾经做过秦朝的丞相,后来他失败了,政治上波澜起伏,然后就被攻击,被判了死罪,所以李斯就带着他的儿子走向了刑场。李斯跟他儿子说,你小的时候,我带着你到外面去打猎,左手牵着黄犬,猎犬,右手的手臂上架着苍鹰,可是现在,"其可得乎?"没想到我做官落到了这样斩首的下场。"左牵黄。右擎苍",这是李斯对他儿子说的打猎的情景,所以苏东坡就用了古人的典故。现在我还要说,你要作诗,不但要懂得平仄,还要有足够的语言,就像你盖个楼房,你要有砖瓦,你没有砖瓦,你只能空想一个楼,你永远盖不起来。所以你要想诗词作得好,你一定不但要懂得平仄,还要用高声朗诵的调子背诗词,用高声朗诵的调子背一切的古文,你要知道这个声音是帮助人记忆的,你记得很多东西,所以你一写,典故就随手拈来。

这打猎,"左牵黄。右擎苍"。"锦帽貂裘",因为天冷了嘛,戴个厚的帽子,穿着皮袄;"千骑卷平冈",上千匹的马,卷平冈,像一阵风一样走过这个山冈;"为报倾城随太守,亲射虎,看孙郎","报",通知,我要通知密州全城的人,你们都要跑出来跟随我,我是你们的州长官,"倾城",是指希望你们全城的老百姓都跟着我出来。有人讲这首词,说"倾城"代表美丽的女子,说苏东坡带了一个美丽的女子去打猎。没有这回事,不要误会古人。这个"倾城"就是满城的人。你们随太守,看看我,亲射虎,我亲自给你们射一只老虎,像谁一样?像孙郎。孙郎就是三国时候的孙权,一说孙权这个人武术也很好,曾经射虎,所以"亲射虎,看孙郎"。

"酒酣胸胆尚开张",说喝酒喝得高兴了,我的心胸、我的胆量依旧,我的豪情壮志还是很充沛的。"开张",我心里面充满了豪气、壮志。"鬓微霜。又何妨。"你们看我在这个题目旁边写了"熙宁八年"。他几岁?四十岁,两鬓稍微有一点白发了,这"鬓微霜。又何妨",那有什么呢?有点白发了算什么呢?"持节云中,何日遣冯唐。"这又用了一个典故。汉朝时候有一个人叫冯唐,这个冯唐一直不得意,终生做一个政府的小官。有一天汉文帝到官府的衙门去散步,看到这个满头白发的老人,说:你在这当这个小官当了多久?他说当了好几十年了,也没有升迁的机会。这个皇帝很同情他,便说:现在的云中太守,我要犒赏他,他是在前线抵挡敌人的,你去慰劳他吧。有这么一段历史上的故事。所以你写诗词,你要有足够的语汇,有足够的故事,苏东坡还不算,等我们以后讲到辛弃疾,你就知道辛弃疾那个笔下,他对历史之熟悉,他的辞藻之丰富,不知道他什么时候读了那么多的书。

所以有人说辛稼轩的词喜欢用典故,他不是故意用典故,他不是勉强查个典故来拼上去，是那些典故都在他的脑子里面自己跑出来的。我常常说作诗就是那些诗句自己跑出来的，你的感情是本来有的，你那些语汇，有个声音就跟着跑出来了。所以现在苏东坡也用着典故，"左牵黄。右擎苍"，这是李斯的典故，"亲射虎，看孙郎"，这是孙权的典故。

"持节云中，何日遣冯唐。会挽雕弓如满月，西北望，射天狼。"你什么时候让我到前线去？冯唐是被派到前线去的，是去慰劳边关那些将士的。苏东坡是说我能够打猎，说不定我也能上边关打一场仗呢！这首词是苏东坡突破自己的作风，也突破柳永的作风的一首词，所以苏东坡对这首词很得意，你看我这个跟柳永不同，以前人都没有写过，不是闺阁园庭，不是相思怨别，你看我写的这个豪话，不是写得很好吗？

我刚才说了，这是苏东坡写词的几个阶段，几个转变，二十岁的时候他模仿过《花间》、柳永写男女的欢爱，四十岁以后有了新的经验，写出来新的作风。那么，他不但对于词有了新的作风，对于歌伎酒女也有了新的作风。我们看苏东坡二十岁写的歌伎酒女是"洛城春晚。垂杨乱掩红楼半……待君重见寻芳伴。为说相思，目断西楼燕"，是对于女子的相思爱情。好，他现在几岁了？年长了一些，从四十岁到四十四岁了，还是歌伎酒女，他说什么呢？下面有一个《减字木兰花》：

"玉觞无味。中有佳人千点泪。"我们讲词也要知道词的背景，这个苏东坡，就因为他跟新党政论不和，所以新党把他赶出京城外，先到杭州，结果看这苏东坡在杭州，什么"欲把西湖比西子"，过得那么舒服快乐，不成，不能让他在这待着，让他到密州去了。可在密州待着，他也很快乐，新党不想让苏老夫聊发少年狂。
左牵黄。右擎苍。锦帽貂裘,千骑卷平冈。
为报倾城随太守,亲射虎,看孙郎。

酒酣胸胆尚开张。
鬓微霜。又何妨。持节云中,何日遣冯唐。
会挽雕弓如满月,西北望,射天狼。

《江城子》 东坡居士词
己亥春日 迦陵先生讲词
圉云居士书

老夫聊发少年狂，左牵黄，右擎苍，锦帽貂裘，千骑卷平冈。为报倾城随太守，亲射虎，看孙郎。

酒酣胸胆尚开张，鬓微霜，又何妨，持节云中，何日遣冯唐。会挽雕弓如满月，西北望，射天狼。

苏轼

东坡这么快乐,再给他贬,所以苏东坡就被一路贬下来。他写这首《减字木兰花》词的时候是在密州。可是他在密州也过得很好,也很高兴,也很得意,新党的人又不让他在这待着,把他调走,就让他到湖州去。

当他要离开密州到湖州去的时候,当地的人来给他送别。苏东坡这个人又有才华,又有兴致,他的点子很多,玩的办法也很多。他贬到很荒凉的地方,比在杭州差远了,杭州有西湖风景,密州什么都没有,他说那有什么关系,我们这城边上有个土台子,把土台子修一修,上面再盖些房屋,我就带着客人登高、饮酒、赋诗,不是也很好吗?苏东坡这个人就是这么有兴致!有人说,这样的人有气场,就是指这个人的精神、才华、兴致,能够吸引很多人来。所以他在这里的时候,大家非常喜欢他,他到哪儿,人家都喜欢,所以就有人给他送别,送别是古人的习惯,有宴席,请一些歌女来唱曲子。

苏东坡也填词嘛,常常也是即兴的,跟什么人都有说有笑的。这一首小词《减字木兰花》就是当他要离开密州的时候,有歌女来给他送行,那个歌女舍不得他走,就在酒席上一边唱歌,一边流泪,所以苏东坡就写了:"玉觞无味。中有佳人千点泪。""觞",就是酒杯里的酒。"玉觞",那么美丽的酒杯,那么美丽的酒。他说我现在拿起这个酒杯,我觉得饮的都不是美丽的滋味。为什么呢?因为这酒杯里面有那个美丽的女孩子的眼泪,"佳人千点泪"。

苏东坡就说了:"学道忘忧。""忘"字这里读作平声。说你一个人不要只看这些现实的得失利害。你要知道,我们中国人说"天法道,道法自然"(《道德经》),你不要用你的意志、感情去勉强追求什么东西，要像天道一样任其自然，所以"学道忘忧"。他说这个歌女，你也要懂一懂道家的这种自然忘忧的道理。"一念还成不自由。"你如果不能够放空人世间的一切，你要知道这一切都是偶然，都是一种机缘，都是一种幻象，万象皆空，你不要被它所羁绊，所约束，你有一念的约束，你就不自由了。这是苏东坡以他一个学道者的语言来安慰这个歌女。

"如今未见。归去东园花似霰。"你现在没有看见花开，可是你要知道，你回去花就开了。天下什么地方都可以看到花，你要看到花，你在什么地方都可以。"一语相开"，我最后有一句话，可以排解你的悲哀，排解你的离愁别绪。"开"就是排解。"匹似当初本不来"，人世不过是因缘际遇，你现在说遇见我，我走了，你就悲哀，你就难过，你就流泪，要是我当初就没有来呢？所以这已经是苏东坡"学道忘忧"之后的又一个境界了。

苏东坡离开这个对他很留恋的歌女以后，遭遇到什么事情了呢？苏东坡，新党的人就不想让他过好日子，不放过他，所以把他从这里调到那里。他现在要离开密州到哪里去？到湖州去。那么在古人做官的礼法上，皇帝要调你到哪里，你非去不可，你说皇帝调我走，我不干了，我不去了，那不成，叫你去，你就非去不可，所以他就到湖州去了。

苏东坡这个人，很有个性，也很有才华，你看这不是把他调来调去吗？在古代有一个规矩，朝廷把你调到一个地方，新官上任，你要给朝廷写一个谢表，说我到任了，我非常感谢朝廷，我要好好做事，你要写个谢表。好，苏东坡来到了湖州，就写了一个谢表。谢表里面有几句说，你知道我是"愚不适时"，我是个笨人，我不识时务，我不能够追随现在当朝新党的官员，我不能附和他们，"知其愚不适时，难以追陪新进；察其老不生事"（《湖州谢上表》），我四十多岁了，老了，不会惹是生非了，"或能牧养小民"，也许我可以老老实实地做个地方官吧！这说得很明白。这是他谢上的表文，他就发了这么几句牢骚。这谢上表文被送到朝廷，神宗看了还不说，新党的人也看了，说这是批评新政，"愚不适时，难以追陪新进"，表现得很明白，是对朝廷不满，有叛逆之心。所以朝廷马上就叫人把他抓到了首都。老百姓要是犯法，就关到地方的监狱，这国家的大臣犯法，怎么办？有一个御史台。御史台是专门关这些高官的一个所在。所以苏东坡就被关到御史台里去了。他一关进去，新党的人就高兴了，我们已经胜利了，批评我们的苏东坡被关起来了，所以就落井下石，拼命找苏东坡的坏处。

　　苏东坡这个人有兴致，他随时写诗词，写了很多，所以这些人，就在苏东坡的诗词里面找，说这句诗有问题，那句诗也有问题，文字狱嘛。那么恰好就找到苏东坡的诗集里面有两句诗，这两句诗写什么呢？写桧树。"桧"本来是"好"的意思，是一种非常"正直"的树。树有各种，有的树长开了，横着长，有的树是直着长的，这个桧木，跟松树一样，是很坚硬的木材，所以树干非常直。苏东坡写的这首咏桧木的诗（《王复秀才所居双桧二首》其二），中间有两句，说什么呢？苏东坡说，"根到九泉无曲处"，说这个桧木的树干长得很直。人们以为，如果上边的树干是直的，扎进去的根也是直的，如果树干是铺散开的，它的树根就铺散开。所以他说，这个桧木的正直，不但在地面上，它的树根到九泉那么深，都不会弯曲的，都是正直的。可是，地下正直不正直谁知道啊？他说："世间惟有蛰龙知。"我正直的心像桧木正直的根,你上面看不见,"蛰"就是"伏",藏在地下的,我的心只有地下的蛰龙知道。就是这个,被新党的人抓住,成了把柄了。皇帝是飞龙在天,可是苏东坡说地下还有一条龙,他的心只有地下的龙知道,难道有个地下党吗?所以这绝对是叛逆!叛逆怎么样?叛逆应该处死罪。这是真的,他们就把苏东坡关起来了,几乎处死。

那时候苏东坡跟他弟弟感情很好,苏东坡喜欢吃肉嘛,东坡肉,他就跟他弟弟约定,你平常就给我送肉,但是如果你在外面听说我要处斩,就给我送条鱼。有一天,他的弟弟有事,没有准备送牢狱的饭,别人替他准备了,送了一条鱼,这把苏东坡吓坏了,以为上面给他判了死罪了。其实,新党的人把苏东坡的罪状都禀告给了神宗,说他写"根到九泉无曲处,世间惟有蛰龙知",这是在骂你呀,说你在上面,神龙在天,你不知道地下有龙。神宗还是个明白的皇帝,神宗一看,他咏的是桧木,与我有什么关系?所以这个皇帝还是不错的,没有判他死罪,关了半年多吧,就把他放出来了。

放出来以后怎么样呢?就把他贬到湖北的黄州做团练副使,而且说不能够办理公事,他只在那里作为一个被贬的官,有一个虚的官衔,什么政事都不能办。

苏东坡贬官到黄州时,有一个朋友赵晦之,名昶。这个赵昶当时在藤州做知州。藤州在哪?藤州在广西。古代的时候,你做官做得好,都是在中央政府做官,在朝廷,在首都或者是首都附近的中原郡县。而远在广西的藤州,当时有很多少数民族,在中国古代的观念中,这是官吏被贬的荒远的地方。这个朋友有一个会吹笛子的侍女。古代的男子有正室的妻妾,还有很多歌伎酒女。苏东坡就写了一首词(《水龙吟》),送给那个会吹笛的侍女,前面都是形容这个笛子,说这个笛子怎么好,吹笛怎么好,赞美这个笛子。后半首:"闻道岭南太守,后堂深、绿珠娇小。"听说有一个被贬到岭南做长官的太守,就是赵晦之,在你的后堂之中,有一个美丽的女孩子好像绿珠,绿珠是晋朝石崇最宠爱的一个姬妾,所以用这个典故就表示是他的姬妾,他的后房。"娇小",很娇美,娇小玲珑的一个女子。

"绮窗学弄",她在美丽的纱窗之下学习,"弄",就是演奏音乐,我们说笛子曲《梅花三弄》,这个"弄"是指吹笛子曲子。他说我听说你的后堂有一个很娇小的侍妾,她在绮窗之下学吹笛。吹什么曲子呢?"梁州初遍,霓裳未了。"《霓裳》,是唐明皇的《霓裳羽衣曲》。她不断地吹,吹了很多曲子。"嚼徵含宫",宫商角徵羽,是中国音乐的 do、re、mi、sol、la,没有 fa 跟 ti,fa 跟 ti,古人叫变宫跟变徵,所以中国古人说"宫商",就代表乐律,她"嚼徵含宫",就是在演奏曲子。"泛商流羽",我不是说有宫商角徵羽吗,就是 do、re、mi、sol、la,这是用五音的名称,泛指她吹各种曲子。"嚼徵含宫,泛商流羽,一声云杪。"她一声笛子吹得那么高,那么响,那么亮,直入云霄。所以你要听到她美丽的笛音,"为使君洗尽,蛮风瘴雨",你在这个荒蛮的所在忍受荒蛮的风雨,听她吹一声笛,你所有的烦恼都洗掉了,"作霜天晓"。"霜天晓"是个曲调的名字,叫《霜天晓角》,所以她吹一个《霜天晓角》的曲子,把你的烦恼都洗尽了。

这是苏东坡在黄州给他一个被贬到藤州的朋友写的信,所以我说,一个人,如果因为环境的好坏、官职的高低,你就烦恼,你就忧愁,那你就是没有学道的人。你要是个真正学道有得的人，无论是什么环境，无论是什么境遇，你都可以学道自得，苏东坡就表现了这样一种境界。

我们先看他这首《水龙吟》。元丰四年（1081），苏东坡多大了？四十六岁了，在黄州。次韵，什么叫次韵呢？古人作诗词都要押韵，所以你们要作诗，先要懂得韵，一东，二冬，三江，四支，五微，六鱼，七虞，八齐，九佳，十灰……你要知道这个诗韵。一个韵里面有多少字，你押一东的韵，什么"东""红""中"，就是这个韵里面的字，你用这个韵里面的字，你就和这个韵。

词也有韵，不过词的韵比较宽，比如说诗中一东、二冬不能合押，可是词里面一东、二冬可以通押。反正诗也有韵，词也有韵。我们说"和韵"，是说你用一东的韵，我也用一东的韵，就是我和了你的韵。那什么叫次韵呢？就是按照次序，你第一句押的什么韵字，我也押这个韵字，你第二句押什么，我也押，不是只要在一个韵里面就可以了，而是你用什么字，我就要用什么字，这叫次韵。

他的朋友章质夫写了一首《水龙吟》，咏杨花，《水龙吟》是词的牌调。杨花其实就是柳絮，很多中学课本选了这首词，写的什么呢？"似花还似非花，也无人惜从教坠。抛家傍路，思量却是，无情有思。"两个"思"字不重复，是不同的性质。第二个"思"字在这里念四声。"思"字有两个读音。动词，思念，思量，念 sī。名词，这个人很有才思，这个人有很多愁思，念 sì。"无情有思"这里的"思"是名词，所以念 sì。"萦损柔肠，困酣娇眼，欲开还闭。梦随风万里，寻郎去处，又还被、莺呼起。不恨此花飞尽，恨西园、落红难缀。晓来雨过，遗踪何在，一池萍碎。春色三分，二分尘土，一分流水。细看来不是，杨花点点，是离人泪。"要这么标点。课本上说"细看来不是杨花，点点是离人泪"，清楚明白，但是韵味全失。词的停顿在哪里，它不光是一个意思，它是有感觉的。

这首词，我听到他们说，高中的老师讲这是一首咏物的词，咏的就是杨花，它描写这个杨花，都描写得很好。它是咏杨花，但它不只是咏杨花，所以你要知道历史，知道背景。东坡的作品很多，有诗，有词，有文，还有他的书信，他给朋友写的书信，有一封信就是给章质夫，就是这个写杨花词的作者，东坡是和章质夫的韵。那么苏东坡在这封信里面说了些什么呢？他说，"柳花词妙绝"，你寄给我的柳花词写得真是太好了，"使来者何以措词？"你叫我和你，我哪里有好句子来和你，你已经写得太好了，我不敢和你的词了。可是我"又思公正柳花飞时出巡按"，就是在柳花飞的时候你被朝廷贬出来到外面去做巡按了，"巡按"是外地的官，"出"是离开朝廷了。"坐想四子，闭门愁断"，我想你们这些好朋友，也都在失意之中，闭门不敢出来，一定满心都是忧愁。"故写其意"，所以我表面上虽然是和你的杨花词，但是我是写那些被贬官的、不得意的，那些关在家里忧愁的人们的情思。"次韵"，我就按你的韵写了一首词，"寄去"，寄给你，"亦告不以示人也"，我嘱咐你千万不要给人看，要不然就跟那个"根到九泉无曲处"一样，人家一看这又不得了，你这就是讽刺朝廷，所以你千万不要给人看。

所以如果只是从这首词的外表来称赞写这首词的人，说苏东坡描写柳花真是写得好，这是大多数人都知道的。读诗词，对这个作者，对他写作的环境，对他的语言文字，要有很敏锐、细致的感受能力。

第一句就说得好,"似花还似非花",说得真是好。你说从那柳树上飞下来的是花还是不是花呢?古人常常以为柳絮就是柳树开的花,这个花不是万紫千红地开在树上,它只要一张开,马上就被风吹走了。它也叫花,可是它没有万紫千红的色彩,也不能留在树上。

桃花、海棠,它们当然也落,可是它们至少有那么两天开在树枝上,你看得见,可是这个柳树,你从来没有看到"满树的花",所以"似花还似非花",它到底是花还是不是花呢?这有什么好的?有什么深意?这是苏东坡自己的悲哀、自己的感慨。你说我苏东坡是一个人才,还是不是一个人才呢?苏东坡二十来岁刚刚考上进士,朝廷将要任用他,可真是得了一个很好的人才呀。没想到有人对当时的仁宗皇帝说,他才二十岁,太年轻了,这么年轻就让他在朝廷里做这么高的官,不大合适,训练几年,磨练磨练再叫他回来吧。恰好苏东坡的母亲死了,要守三年之丧,几年后他父亲又死了,等他再回来的时候,新党当政,仁宗已经死了,是神宗当朝了,所以苏东坡就被迁贬到各地,你说我苏东坡是人才还是不是人才呢?

"似花还似非花,也无人惜从教坠。"什么人爱惜过我?就任凭我飘零到各地吧。他不是一直在辗转被迁贬吗?还被关在监狱里几乎被砍头了。"抛家傍路",我的家在四川,我的家在眉山,苏东坡曾写过一首诗,说"我家江水初发源,宦游直送江入海"(《游金山寺》),可是我做官以来,被贬谪各处,我这一辈子都被迁贬在道路上。"思量却是,无情有思",我回想我这一生,什么感情都不用说了,我只是还有一些理念没有完成。

"萦损柔肠,困酣娇眼,欲开还闭。"柳絮被吹落了,就在

似花还似非花,也无人惜从教坠。
抛家傍路,思量却是,无情有思。
萦损柔肠,困酣娇眼,欲开还闭。
梦随风万里,寻郎去处,又还被、莺呼起。

不恨此花飞尽,恨西园、落红难缀。
晓来雨过,遗踪何在,一池萍碎。
春色三分,二分尘土,一分流水。
细看来不是,杨花点点,是离人泪。

《水龙吟·次韵章质夫杨花词》 东坡居士
己亥 圆云居士

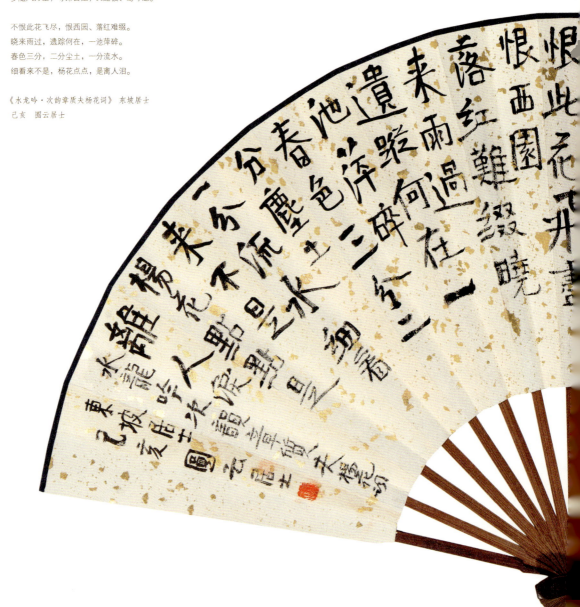

地上来回地滚,《红楼梦》上说的,"一团团、逐对成球",林黛玉的柳絮词。我年轻的时候在恭王府辅仁大学女校,春天开着教室的门上课,院子里有两棵柳树,风一吹,柳絮一飞,这些柳絮就都吹到我们课堂里面,老师在讲台那儿讲课,柳絮就在讲台前面滚来滚去,滚成一个球,这就是现实的景色。

所以他说,我就是在地下萦绕回转的,我的心真是千回百转,我苏东坡,不管是我离乡背井的忧思,不管是我忠爱缠绵的那一份忠爱,只是"萦损柔肠,困酣娇眼,欲开还闭"。我们说柳叶如眉,柳叶像眉眼,所以是柳眼。他是拿柳树说的嘛,所以柳絮是"萦损柔肠",柳叶的眼睛,是"困酣娇眼,欲开还闭"。这眼睛,你是张开了还是闭上了呢?你一开着,柳絮就都飞走了,可是没有看到你开嘛。

"梦随风万里",我柳絮,又没有梦,又没有我的感情,又没有我的理想,又没有我的追寻,我就随着各地的贬谪。"寻郎去处",我也想找到一个归宿,像个女子找到一个终身可以倚靠的人。作为男子,男子也想许身,女子许身,我把我的身体许给一个我爱的男人,男子许身,我把我的身体许给我的国家、朝廷,也叫许身。所以他说"寻郎去处",我要找到一个人,我可以把感情投注,我可以把我的忠爱都奉献给他。"又还被、莺呼起",我每次到朝廷要贡献我的忠爱的时候,都被赶走了。而我的悲哀还不只是为我个人的悲哀,"不恨此花飞尽,恨西园、落红难缀",我的遗憾不是说我这个柳花被吹落了,而是为什么西园所有的花都被吹落了呢?因为当时的朝廷,像他所说的章质夫也是被迁贬出来的,那闭门愁断的四子也都是遭到迁贬的人。

我们这些零落的人,我们这些被贬谪的人,"晓来雨过,遗踪何在，一池萍碎"，早晨下了一阵雨，柳絮都不见了，都被打到泥里或者水里去了，春天走了，花完全落了，柳絮的梦完全碎了，夏天来了就满池都是浮萍，再也不见柳絮了，柳絮已经不见了。"春色三分，二分尘土，一分流水。"如果说春天有三分，我们知道春天本来是三个月，孟春、仲春、季春这三个月，九十天的韶光，如果说春色三分，如果说满园的春光是三分的春光，那么春天走了，"二分尘土"，有两分的花落在尘土里了，"一分流水"，有一部分花就随水流去了。所以"细看来不是"，我的题目不是咏杨花吗？我仔细看一看这些杨花，不，细看来不是，不是杨花。在文法上是接下来的，但是在声调上，它有一个停顿，这样才有节奏，这样才有含蓄。"细看来不是，杨花点点，是离人泪。"那飞舞在空中的白色的点点，不是杨花，是离人泪，是我们这些离别了京城，遭遇到不幸的迁贬的人，是我们这些不得意的人的眼泪。

这里按照词牌的牌调，"细看来不是"五个字要停下来，"杨花点点"要停下来，后面的四个字，念的时候要在第一个字的地方有一个停顿，"是／离人泪"，"细看来不是，杨花点点，是／离人泪"。有人说这样念起来不是很奇怪吗，现在的课本上的断句，改成了"细看来不是杨花，点点是离人泪"，不错啊。可是，苏东坡的那种缠绵悱恻、那种欲语还休的说不出来的弱德之美的感情，完全破坏了，就是不能够说出来，就是不能够给它断句断得明白，一定要这么念："细看来不是，杨花点点，是／离人泪。"

人其实真是不要怕什么患难困苦，东坡的词是经过他被下到御史台的监狱，被贬黄州以后越作越好的。像他的《念奴娇》

"大江东去",像他的《满庭芳》"归去来兮,吾归何处"。

最后我们看一首词《八声甘州》,写这首词时东坡已经不在黄州了。东坡被贬官是在神宗的时候,后来神宗去世了,宋哲宗继位了,但是宋哲宗那个时候年岁还很小,所以由太皇高太后掌权,就像慈禧太后。东坡考进士试时就出了名,这个高太后记得当时仁宗的时候有这么一个出色的人才,所以哲宗继位以后,太皇高太后就把新党的人都罢免了,把苏东坡这一批反对新党的人都叫回来了。

新党下台了,旧党就上台了。旧党的一个领导人物是司马光,写《资治通鉴》的司马光。这个苏东坡所以了不起,就在于他在新党的时候,看到新党的很多弊病,他反对;可是旧党一上台,把新党的人都贬出去了,把所有的新政都废除了,他也不赞成。他说从前的朋友是"惟荆是师","荆"是荆国公王安石,而"今之君子",现在在朝廷上当官的,"惟温是随","温"是温国公司马光。他说我与他们两个人都是相知好友,但不随而安,在文学上我跟他们都是好朋友,但是在政治上的这种彼此攻击、迫害,我绝不盲从。所以他跟旧党论政又不和,于是自求外调。

苏东坡前后两次来到杭州。他为了躲避新党第一次到杭州,只是做一个卑微的小官——杭州通判,写有"水光潋滟晴方好,山色空蒙雨亦奇",现在他离开这个朝廷,是做杭州的地方长官——知州。做地方长官,那就不能只写些漂漂亮亮的诗词了。杭州西湖由于长期没有疏浚,那个泥都填满了,水都不清洁了,所以他疏浚了西湖,并用从西湖底下挖上来的泥筑了一道长堤,后人称其为"苏堤"。后来杭州有一次闹传染病,苏东坡在杭州设立了病房,就是生病的人跟外界人的隔离病房。所以苏东坡这个人真的是有为有守,有才华,有干才,也是能干的人。

他在杭州这里做得很好,他也愿意在杭州这里,他为杭州老百姓做了很多事情,为地方做了很多事情。可是朝廷,旧党的人,太皇高太后要把他叫回去,现在他要离开杭州,要走了,这是哲宗元祐六年(1091)的事,苏东坡已经五十六岁了。他被召还朝,离开时写了这首《八声甘州》,送给他的朋友参寥子。参寥子是一个和尚,别号叫参寥子。这个参寥子跟苏东坡认识了多年,一直追随着他,这个参寥子也会作诗,诗也写得很好,在历史上关于参寥子跟苏东坡的交往有很多记述,我们现在都来不及讲,我们只看这一首词。

"有情风、万里卷潮来,无情送潮归。"说得真是好。天下的事情,人生的遇合,人世的姻缘,人世的祸福,也许有一阵多情的风,有情风就从万里之外吹过来了,因为杭州附近的钱塘可以观潮嘛,所以他以潮水来开始他的词,"有情风、万里卷潮来"。那潮来是有情吗?"无情送潮归。"可是潮转眼就退去了,无情地退去了。

我,苏东坡,从少年到汴京参加考试,经过了多少宦海沉浮,看见了多少升迁贬谪。"有情风、万里卷潮来,无情送潮归。问钱塘江上,西兴浦口,几度斜晖。"问一问钱塘江上,西兴浦就是潮来的那个地方,有多少次潮来潮退,有多少次日升日落,宦海上有多少变化浮沉。"不用思量今古",你不用说古代我们国家的盛衰,"俯仰昔人非",我一低头一仰头之间,朝廷上不知换了多少人了,在这种盛衰得失成败的变化之中,我经历了种种的波澜。"谁似东坡老,白首忘机。""忘"字念平声。谁像我苏东坡,我现在已经是五十六岁满头白发的人了,我是"忘机",

"机"就是机心，那种算计，对于得失利害的那种计算之心。"忘机"也是一个典故。《列子》上说，有一个人在海上很逍遥自在，天上的鸥鸟都飞下来跟他一起嬉戏。后来他父亲跟他说，你明天到海上抓一只鸥鸟下来。第二天，他要抓这个鸥鸟，鸥鸟都不下来了，就是人有了机心。你内心不是那种光明正直的坦白之心，你心里面都是利害得失、自私自利的打算，那你就完全失去了这种天机的正直跟正义了。所以他说，我看到多少升迁起伏，多少祸福成败，谁似我东坡老，我白首忘机，我心里面再也没有这种升迁祸福之想了。

我现在怀念的是什么呢？"记取西湖西畔，正暮山好处，空翠烟霏。"我所怀念的就是我跟你参寥子，我记得，我也希望你记得，在西湖的西岸边，当春天那么美丽，山峦烟色美丽的时候，"山色空蒙雨亦奇"，山上那种空蒙的翠色，那种烟霭的云霏，我跟你，我们两个人曾经一同看到过西湖的美景。"算诗人相得，如我与君稀。"人有个好朋友已经很难得了，何况是有一个懂得诗，了解诗，会作诗的，跟我能够诗心相通的朋友，希望我跟你一样是"与君稀"，古往今来，难得有这样的好朋友。但是现在我要离开你了，我被朝廷召回去了。"约他年"，我就跟你定个约会，说将来有一年，如果有机会，"东还海道"，我一定要离开汴京，坐着海船回到杭州西湖来。这里苏东坡又用了一个典故。"东还海道"的主人公是谢公，谢公就是谢安，谢安原来隐居在东山，当晋朝危亡的时候，大家都到东山请谢安出来，说"安石不肯出，将如苍生何！"（《晋书·谢安传》）安石是谢安的字。这个谢安，统帅谢家的子弟，经淝水之战一役，打败了前秦苻坚的军队，安定了朝廷。可是谢安说我的志愿不在做官。他本来就是隐居的，人们把他请出来，帮助国家打败了前秦苻坚，他做了宰相，现在要告老还乡，要走了，要离开首都了。可是很不幸，谢安虽然造好了船，可在预备带着家人上船，回到他隐居的东山去时，生病了，于是就被人抬回首都，但是不久就死了。谢安有个外甥叫羊昙，跟谢安感情很好，因为谢安被抬回去的那条路是西州路，所以以后再也不肯走西州这条路。有一天羊昙喝酒喝醉了，不知道怎么忽然间走上这条路了，一看是西州路，就痛哭流涕。

现在苏东坡说的是想到当年的谢安，我跟你参寥子定个约会，我将来一定要坐海船回到杭州来，我希望我不要像那个谢安，造了船，没有能够回到东山就死在首都了。他说："愿谢公、雅志莫相违。西州路，不应回首，为我沾衣。"我不会留给你一个遗憾，你不会像谢安的外甥羊昙一样，将来到首都，以为我死在首都了，就为我沾衣，我是希望我会回来的。

这首词写得很好，起承转合，而且"有情风、万里卷潮来，无情送潮归"，这写的是人生的跌宕起伏，潮来潮去，盛衰兴亡。

人们对东坡词的评价很多，当然有很多赞美，大家可以自己去看。我觉得说得最好的就是《唐宋名家词选》里引夏敬观《映庵手批东坡词》的评语。夏敬观晚号映庵，他自己谦卑，说我说的话是微不足道的。这个评语是怎么说的呢？他说："东坡词如春花散空，不着迹象，使柳枝歌之，正如天风海涛之曲，中多幽咽怨断之音，此其上乘也。"他说东坡词像春天的花在空中飞舞，它不落在哪里，不着迹象，它随风飘转，如此自然。柳枝是李商隐诗里面的一个女孩子，李商隐说柳枝歌咏曲子，可以作天风海涛之曲，中多幽咽怨断之音。夏敬观用柳枝的典故，

有情风、万里卷潮来，无情送潮归。
问钱塘江上，西兴浦口，几度斜晖。
不用思量今古，俯仰昔人非。
谁似东坡老，白首忘机。

记取西湖西畔，正暮山好处，空翠烟霏。
算诗人相得，如我与君稀。
约他年、东还海道，愿谢公、雅志莫相违。
西州路，不应回首，为我沾衣。

《八声甘州·寄参寥子》
东坡居士词
己亥　圆云

说东坡词听起来天风海涛，这是豪放博大，可是它中间委曲婉转、低回，又非常哀怨，"此其上乘也"。

"老夫聊发少年狂"，那不是苏东坡最好的作品，"有情风、万里卷潮来，无情送潮归"，这才是苏东坡最好的作品。你看他写天风海涛，那么开阔博大，可是它里面"西湖西畔""空翠烟霏""算诗人相得，如我与君稀。约他年、东还海道，愿谢公、雅志莫相违。西州路，不应回首，为我沾衣"，中间有这样幽咽怨断的感情，表面上开阔博大，天风海涛，中间写得委曲婉转、幽咽低回，这是苏东坡最好的词。

有情風萬里卷潮來无情送潮歸問錢塘江上西興浦口幾度斜暉不用思量今古俯仰昔人非誰似東坡老白首忘機記取西湖西畔正暮山好處空翠煙霏算詩人相得如我與君稀約他年東還海道願謝公雅志莫相違西州路不應回首為我沾衣

八聲甘州寄參寥子 東坡居士詞 己亥圓云

——辛弃疾

●● 辛弃疾(号稼轩),我认为是比苏东坡更了不起的一个词人。宋高宗绍兴十年(1140),他出生在山东历城。当时山东已经被金兵占领了,是沦陷区,他是出生在沦陷区的。他的祖父叫作辛赞,是个非常有理想有才华、非常忠爱的人,所以从小辛弃疾就受到祖父的培养,真的是文武全才,我们看他的生平,那真是了不起。

当他二十二岁的那一年,因为金主完颜亮大举南侵,要向南来攻打南宋,所以辛稼轩就聚众反抗。他不是只能写文章,写诗词歌赋,人家真的是豪杰之士。他聚集了义军两千人,加入了山东的一支规模雄大的义勇军,首领就是耿京。而且稼轩这个人,你真是不得不佩服他,他写的《九议》《十论》,论天下事,论财务、政治、兵马、军队,实在了不起。他是二十二岁加入了义勇军,他有谋划,他跟耿京说,我们在沦陷区起义,如果没有后方的呼应援助,早晚被消灭,没有前途,必须跟我们的大后方联系。这是非常有见解的。谁去跟大后方联系呢?当时起义的那些人很多只是一些勇武之士,有义气,有勇气,可是稼轩不然,稼轩是非常有才华的一个人。所以他们就说,正好你辛弃疾去吧,你起一个表文,去到南宋递给高宗,取得大后方的联系。所以当时稼轩就奉表南归。多少岁?二十三岁。他是二十二岁起义的,二十三岁时他说我们应该跟后方联系,于是就奉表南归。到了南宋的首都建康,见到宋高宗,宋高宗给他一个表面的官称,叫右承务郎,他说我要回去把我们的义勇军都带过来,所以他就回到山东的耿京的根据地。

可是就在辛弃疾离开山东的时候,义勇军里面出了一个汉奸。我们中国在历史上从来不少忠义奋发的英雄豪杰,可是从来也不乏那些出卖祖国的奸邪小人。那个时候就有个汉奸，叫张安国，就在辛弃疾离开义勇军的时候，张安国把义军的领袖耿京杀死了，把耿京的头献给敌人，为了得到敌人的封赏，出卖了自己的国家，出卖了这个义勇军。

稼轩在回来的时候听到这个消息，义愤填膺，这种汉奸不能容他，但你说不能容，心里敢不容，你能够做到把他抓回来吗？人家稼轩就冲到金兵的营内，当时这个汉奸正在军营之内饮酒庆功。稼轩进到金人的军队，活捉了张安国，还不是说马上把他杀死。他活捉了张安国，夹在手臂之下，飞马赶回南京，献俘。把汉奸抓来了，这个是真的了不起的。

他老年的时候写了一首词，说"壮岁旌旗拥万夫，锦襜突骑渡江初。燕兵夜娖银胡䩮，汉箭朝飞金仆姑"（《鹧鸪天》）。这是他回忆当年，那实在是英雄豪杰，你不能想象的，他带人活捉了汉奸，到首都来献俘。"壮岁旌旗拥万夫"，我曾经"燕兵夜娖银胡䩮，汉箭朝飞金仆姑"。现在"追往事，叹今吾"。辛稼轩六十多岁了，满头的白发，他想到他当年二十多岁活捉了汉奸张安国回来的时候。辛稼轩本来以为以他的才华，以他的志意，以他的能力，他如果在南宋能够组织军队带兵回去，他马上可以收复失地，这是辛弃疾的理想。

可是，那高宗真的愿意打回去吗？高宗如果打回去，把他爸爸跟他哥哥接回来了，他算什么呢？所以当时的南宋并没有真正要收复失地的心。而南宋这些大臣都是贪安苟且，只求自己现实的利益，辛稼轩九死一生地归了，朝廷不用他，"追往事，叹今吾，春风不染白髭须"。这是他晚年写的词，是说他早年的豪情壮志，所以这是他平生最得意的一件事情。

后来呢？奉表南归，去建康。他一个北方人跑到南方，大家都对他猜忌，说这个人说话行为都跟我们不一样，其心必异，而且从皇帝那里开始就不真想打回去，所以怎么样呢？后面我们就看到了，南宋朝廷给他一个小官，他先是做江阴县的一个签判。但是他不甘心，他二十三岁过来的，二十四岁给他一个江阴的地方的小官。等到那个不想回去的高宗死了，孝宗继位了，辛弃疾二十六岁时就递了一篇表文，叫《美芹十论》。什么叫"美芹"呢？说乡下有客人来了，我要招待他，没有山珍海味，水里面有些芹菜，我觉得这芹菜很好，我是乡野之人，我把我这一点微薄的，我以为好的东西献给你，所以叫"美芹"。他写了论文，纵论南北的形势、国计民生、农政军政，你就见到稼轩之长才。南宋朝廷当然没有用他了。他是二十三岁来的，二十六岁献了《美芹十论》，到三十一岁了，南宋朝廷还没有真正用他。孝宗乾道六年（1170），召对延和殿，叫他到朝廷上来说明一下他的理想。他就写了一篇奏文，《论阻江为险须借两淮疏》。他不是空谈的人，他是真有用兵之道，说我们要以长江为天险，但是我们要凭借淮南淮北的人。所以他说空谈不成，我们要练民兵，要反攻，没有军队可以吗？所以他又上送《议练民兵守淮疏》，又写了九篇文章即《九议》给宰相，当时的宰相是虞允文。转眼之间到了孝宗淳熙二年（1175），辛稼轩已经三十六岁了。他二十三岁就来了，上完那么多奏疏，有了那么多理想，没人用他。

  他三十六岁的时候有件事情发生了，当年的四月，有个茶商叫赖文政，叛变了，在湖北起兵了。这时候朝廷想起来了，这辛弃疾不是会打仗吗？所以就把他叫来，给他一个官职,让他去平定这个茶商的寇乱。稼轩不用兵则已,一旦用兵,果然很快就把这个茶商的叛逆平定了。所以七月他就到了江西赣州,做江西提点刑狱,把叛逆的茶商赖文政抓住杀死了,平定了寇乱。

到了孝宗淳熙六年,辛弃疾四十岁了,他在湖北做转运副使,转运副使是在长江上运送军需粮食的一个官职。到春天三月又改任了湖南的转运副使,但是稼轩不是要做这个转运副使,在水面上运这运那的,他是要打仗的。所以,他又上了一个奏文《论盗贼札子》,这个"札"念 zhá,札子就是奏文。稼轩把寇乱平定了,可是他跟皇帝说,"县有残民害物之政,而州不敢问",因为你们政府不管嘛,"田野之民,郡以聚敛害之,县以科率害之",而你们这些地方官不但不替百姓平定盗贼,还聚敛,让他们交税纳税,罚他们很多。他说豪民以兼并害之,豪强巧取豪夺,"不去为盗,将安之乎?"老百姓得不到生存的办法,怎么办呢?他说民为国本,人民是国家的根本,而"贪浊之吏迫使为盗",是贪赃枉法的那些官吏不给他们好好生活的所在,逼迫得他们没有办法才为盗。如果等他们做了盗贼,你今年剿除,明年铲荡,你今年把一个叛乱平定了,明年把一个盗贼平定了,"譬如木焉,日刻月削,不损则折"。民为国本,你这样砍削,结果国家的根本不损则折,必将受到危害。所以他跟皇帝说,"欲望陛下",我希望皇帝你,"深思致盗之由",你要好好地反省,想一想你的老百姓为什么变成盗贼了,不是那些贪官污吏害的吗?"深思致盗之由,讲求弭盗之术",你要好好地研究我们怎么样才能避免战乱的发生,让老百姓安居乐业,他们自然就不做强盗了。"无恃其有平盗之兵也"，你不能只依靠我辛稼轩，他说今天平定了盗贼，你要"申敕本路州县，自今以始，洗心革面，皆以惠养元元为意"。你要"申"，你要发布法令，各州各县"惠养元元"，就是要有恩惠，要培养元元，从基本的老百姓起，你要让他们有安定富足的生活。这是辛稼轩的奏疏。所以辛稼轩这个人是很了不起的，我们之前所讲过的诗人词人一般只会纸上谈兵，但辛稼轩不是的。

　　所以你看，他有空就上表，有空就想做一番事业。到孝宗淳熙八年，辛弃疾四十二岁，以台臣王蔺论列。这之前的淳熙七年，辛弃疾在湖南安抚使任，创立了湖南飞虎军，稼轩是永远不忘收复失地的。所以当他来到湖南做了湖南安抚使的时候，他就在湖南组织了一个军队，叫飞虎军，你看名字多么厉害。可是你要盖一个军营，养一批兵士，你没钱怎么办呢？当时辛弃疾就用了很多钱，所以就有人弹劾他了。台臣，就是中央政府的官，这个王蔺就说应该落职，把他罢免了。说他什么呢？说他"用钱如泥沙，杀人如草芥"（《宋史》本传）。他要建飞虎军，他用钱用得很多，不守法的，他就砍伤，所以朝廷就把他给罢免了，这时他四十二岁。

　　这一次罢免，辛弃疾非常痛心失望，他无官可做，他的理想志意都不能实现。他买了一片地，在江西带湖，盖了几间房子，自己起了一个别号叫作"稼轩"，不能带兵打仗，就种庄稼吧。而且你要看稼轩的平生，他在他的带湖住所的外面是真的开辟了一片稻田。当他这个新居盖成了，他要作《上梁文》。我们中国的习惯，娶媳妇，口中念喜歌，念念有词，你盖个房子要上梁了，也念念有词，把什么花生、枣都抛在梁上。稼轩就作了一篇《上梁文》，他说"抛梁东"，我把花生、枣子之类的东西抛在梁的东面，东面是日出之地。"抛梁东，坐看朝暾万丈红。"我要坐在这个窗子里面看东方的太阳升起万丈的光芒。他说"直使便为江海客"，我就算现在没有官可做，我变成江海闲居的一个散人了，但是我这个窗外面对着早晨的太阳，我要种一大片庄稼，我要看见地里的庄稼的成长，我要知道今年是丰年还是歉年。"也应忧国愿年丰"，不能够杀敌，我就种庄稼，我也希望我们国家有个丰收的年成。

他从四十二岁闲居，一直到哪一年呢？我们看后面，到他五十三岁，皇帝又遇到问题了，就把他又叫出来，让他做福建提点刑狱，后又改知福州兼福建安抚使。从四十二岁到五十三岁，他闲居了多少年？十一年，国家不用他。

稼轩是你不用我就算了，我没办法，你只要用我，我就要收复失地。所以现在让他做福建安抚使，他就置备安库，就存钱。将来打仗要用钱，他攒了多少钱呢？五十万缗。因为他要打仗嘛，所以他就收集了很多钱财，训练军队。他做官不久，这个福建的安抚使，就置了备安库。所以绍熙五年（1194）的七月，谏官黄艾就弹劾他，说他"残酷贪饕，奸赃狼藉"（《宋会要辑稿》），朝廷又罢免了他。

这一次他就卜居铅山。这个"铅"字用作地名不念 qiān，念 yán。有一年，那还是好多好多年前了，二三十年前，我都不记得了，上饶举办了一个辛稼轩的词学会，我去了。当时是想看一看稼轩的带湖，那是他经营、建造的，他的词里面把带湖描写得非常美丽，也把铅山写得很美。这个稼轩不但带兵有干才，他要盖房子，哪里种棵树，哪里栽朵花，他都在他的词里

抛梁东,坐看朝暾万丈红。
直使便为江海客,也应忧国愿年丰。
抛梁西,万里江湖路欲迷。
家本秦人真将种,不妨卖剑买锄犁。

《上梁文》 稼轩撰
己亥春日 圆云

面写得非常美。所以我就想去看一看，可是那里完全都是荒烟蔓草，当然，宋朝的那些建筑怎么能够存到现在？我只是看到了辛稼轩的坟墓，上饶有他的坟墓。

总而言之，他又被罢免了，那个时候是五十五岁。到宁宗嘉泰三年（1203），辛弃疾六十四岁了，这次是在家里闲居了九年，上次是十一年，所以一共被放废家居是二十年之久。他二十多岁就来了南宋，到现在六十多岁了。这个时候，皇帝又把他起用了，六十四岁起至绍兴府，让他做绍兴府的知府兼浙东安抚使。在会稽这里，他盖了一个亭子，叫"秋风亭"。据说本来有一个亭荒废了，那稼轩就重建了秋风亭。

汉宫春·会稽秋风亭怀古

亭上秋风，记去年袅袅，曾到吾庐。山河举目虽异，风景非殊。功成者去，觉团扇、便与人疏。吹不断，斜阳依旧，茫茫禹迹都无。　　千古茂陵词在，甚风流章句，解拟相如。只今木落江冷，眇眇愁余。故人书报，莫因循、忘却莼鲈。谁念我，新凉灯火，一编太史公书。

这词写得好。亭上秋风，他盖这个秋风亭，是秋天的时候。他说我今年在会稽这里盖了秋风亭，又到秋天了，我就记得去年也有袅袅的秋风吹到我的住所。那时候他在哪儿？他在江西的铅山家中闲居。"山河举目虽异，风景非殊"，当然，会稽山河的风景跟上饶的风景是不一样的，可是这里面他不只是说去年他闲居的时候在上饶，跟今年在会稽做官的时候的风景不一样，这里面暗含了一个典故。这个典故是出于《世说新语》，谢

亭上秋风,记去年袅袅,曾到吾庐。
山河举目虽异,风景非殊。
功成者去,觉团扇、便与人疏。
吹不断,斜阳依旧,茫茫禹迹都无。

千古茂陵词在,甚风流章句,解拟相如。
只今木落江冷,眇眇愁余。
故人书报,莫因循、忘却莼鲈。
谁念我,新凉灯火,一编太史公书。

《汉宫春·会稽秋风亭怀古》 稼轩词
己亥春日　圆云

亭上秋風記去年嫋嫋曾到吾廬山河舉目雖異風景非殊功成者去覺團扇便與人疏吹不斷斜陽依舊茫茫禹跡都無千古茂陵詞在甚風流章句解擬相如只今木落江冷眇眇愁余故人書報莫

安曾经在东晋做过宰相,又打败了苻坚,所以谢安曾经跟很多东晋的大臣在会稽这里聚会。周颛就说:"风景不殊,正自有山河之异。"这个是《世说新语》上的原文。说江南跟我们老家中原都有很美丽的美景,风景不殊,可是我们放眼一看,这里的山水跟我们从前故乡的、故国的山水是完全不一样的。稼轩这里,表面是写他自己,写上饶的风景跟会稽的"风景非殊",其实也表现了南宋的偏安,他不知道什么时候才能回到他的山东老家去。所以好的词里面都隐含了非常丰富的、非常微妙的、难以表述的哀感和情意。

"山河举目虽异,风景非殊。功成者去,觉团扇、便与人疏。"人或者是物,你总要留下些什么东西,你不能白白来到世间一趟。我们中国有一个诗人,他就曾经说,"铅刀贵一割",这是左思的诗,"梦想骋良图"(《咏史》其一),他说我就算是一把铅刀,我不是一把钢刀,我是一把不好的驽钝的铅刀,可是我既然叫刀,你总要用我切一下东西吧!要不然我为什么叫刀呢?所以"铅刀贵一割"。纵然是一把铅刀,你可贵的价值就在于你要实现你刀的一割之用,不然你凭什么叫刀。所以这里面都是"功成者去",你总要完成一些什么东西再离开这个世界吧。那天我不是在讲杜甫的诗吗,杜甫在秋天的时候,看到他们家里种的丝瓜,搭的瓜架,瓜已经结了,都收获了,这个架子就拆了。所以杜甫写了一首诗叫《除架》,把瓜架拆了,"幸结白花了,宁辞青蔓除"。我开花就应该结果,我开了白花了,我现在也结了果,我很幸运,我这一生既开过花也结过果,所以有一天把我除掉了,我不逃避,我不推辞,因为我这一生应该做的事情我都做了。可是稼轩却说"功成者去,觉团扇、便与人疏"。你只要有个功成，像手中的团扇，夏天的时候是"动摇微风发"（班婕妤《怨歌行》），他说等到秋天，扇子的作用已经完成了，这扇子就可以不要了，"功成者去"。稼轩放废了二十年，六十多岁时朝廷说起用他，"功成者去，觉团扇、便与人疏"。

快要到秋天的时候了，"吹不断，斜阳依旧，茫茫禹迹都无"。夏禹王治停了洪水，召集了各国的诸侯，在苗山上论功封赏，"计功而崩，因葬焉，命曰会稽。会稽者，会计也"（《史记·夏本纪》）。"会计"指天子大会诸侯，计功行赏。苗山后来就改名为会稽山。这个典故是从夏禹王那儿来的。所以他说现在到了秋天，我就来到会稽山。会稽山是夏禹治停洪水、完成功业后所在的地方。所以他说"吹不断，斜阳依旧"，什么往事都被秋风吹走了，吹不走的只有天上的斜阳，每一年每一天，斜阳都落在山那里。可是几千年过去了，"茫茫禹迹都无"，会稽山是夏禹成功以后分封功臣的地方，而且会稽附近还有夏禹王的庙，可是夏禹王而今何在？说到夏禹，辛弃疾还有一首词：

悠悠万世功，矻矻当年苦。鱼自入深渊，人自居平土。　　红日又西沉，白浪长东去。不是望金山，我自思量禹。

夏禹王完成了他的功业，他消失了，这是天地自然之理，"功成者去，觉团扇、便与人疏"。我辛弃疾纵然现在已经看不到夏禹王的痕迹，夏禹王毕竟完成了他的功业，可是现在我辛弃疾所完成的是什么呢？"吹不断，斜阳依旧，茫茫禹迹都无。"

> 悠悠万世功，矻矻当年苦。
> 鱼自入深渊，人自居平土。
>
> 红日又西沉，白浪长东去。
> 不是望金山，我自思量禹。
>
> 《生查子·题京口郡治尘表亭》 稼轩词
> 己亥　圆云

"千古茂陵词在，甚风流章句，解拟相如。"茂陵是汉武帝的陵墓，古代的皇帝墓葬都叫陵。有人说，这说的就是汉武帝的文章。"茂陵词"，汉武帝写过什么文章呢？汉武帝最有名的就是《秋风辞》："秋风起兮白云飞，草木黄落兮雁南归。兰有秀兮菊有芳，怀佳人兮不能忘。"所以你可以说千古以前的汉武帝的《秋风辞》还在，可是我们要知道茂陵虽然有汉武帝的坟墓，这个地方还有另外一个人的典故，就是司马相如。"相"这个字不念去声，念平声，司马相如、蔺相如。司马相如是汉朝写赋的名家，跟卓文君有一段爱情故事，这大家都知道。司马相如晚年就住在茂陵，就是汉武帝的茂陵所在。所以这里，稼轩一方面是说汉武帝的功业，一方面不只是说汉武帝的《秋风辞》在，还说司马相如的著作流传了千古，所以"千古茂陵词在"。"甚风流章句，解拟相如。"你说我的功业没有建成，却留下了很多歌词，我辛稼轩写下很多动人的词句，那都是瞎说，我的功业什么都没有完成。杜甫晚年写过两句诗，说"名岂文章著，官应老病休"（《旅夜书怀》）。我杜甫本来是"致君尧舜上"（《奉赠韦左丞丈二十二韵》），可是现在我一事无成，人家说我杜甫作诗作得不错，我的姓名，"名岂文章著"，将来历史上是会因为我的诗而留下名吗？可是说到我做官，就是我"致君尧舜上"的理想，"官应老病休"，现在我衰老多病，流落江湖，我那些理想都落魄了。所以这个词，你要懂得它的典故，你就可以有很丰富的联想，就有很深刻的感慨。所以稼轩说"千古茂陵词在，甚风流章句，解拟相如"。我稼轩完成了什么？什么功业都没有完成，你说我写了这几首词，难道我当年就只想写词吗？杜甫"致君尧舜上"，"名岂文章著"，难道只想作几首诗吗？

却将万字平戎策,换得东家种树书。日居月诸,东去西又还。长红沉紫不曾开,白白复长金。我自望金山,不是望东山。思量无计自还乡,鹿车载取秋香去。

稼轩词 子平书 [印]

所以稼轩说"甚风流章句，解拟相如"。

"只今木落江冷，眇眇愁余。""木落江冷"是《楚辞》里面《九歌》的句子："袅袅兮秋风，洞庭波兮木叶下。"《九歌》是楚地祭祀鬼神的歌，屈原写了一组诗，一共十一首。中间有一首是说"帝子降兮北渚"，帝子就是那个神仙，从远远天上降下来，就落在北面的沙洲上。那神仙在哪里？"目眇眇兮愁予"，我眼睛眯起来，远远地看，那个帝子下来了吗？没有看见帝子，只觉得"袅袅兮秋风"，一阵阵秋风，"洞庭波兮木叶下"，洞庭湖起了水波水浪，木叶恍如黄叶纷飞。没看到帝子是否降下来，可是"洞庭波兮木叶下"，我期待的那个仙子，他来了吗？我极目远望，洞庭湖上那个神仙来了吗？所以他说"只今木落江冷，眇眇愁余"。

我一切的期待都落空了，就留下几首词，"千古茂陵词在，甚风流章句，解拟相如。只今木落江冷，眇眇愁余。故人书报，莫因循、忘却莼鲈"。我的老朋友给我写了一封信，"报"就是回答我来往的书信，"书"就是书信，书信说什么？说"莫因循、忘却莼鲈"，你不要老留恋你在建康做官这件事情，你不要忘记你六十多岁了，你还不想退休吗？这已经跟他少年时代不同了，大家都读过他的一首《水龙吟》，"楚天千里清秋，水随天去秋无际。遥岑远目，献愁供恨，玉簪螺髻。落日楼头，断鸿声里，江南游子。把吴钩看了，栏干拍遍，无人会，登临意"。下面是什么？"休说鲈鱼堪脍，尽西风，季鹰归未？"那是稼轩早年的词，他说的"鲈鱼堪脍"是晋朝张翰的典故。张翰在洛阳做官，他是南方人，当秋风一吹起来，就想到江南秋天正是鲈鱼美味的时候，所以他说我洛阳的官不做了，我回去吃我的鲈鱼了,还有莼菜做的莼羹。稼轩是说我要回到故乡去,那个时候说的是我山东的老家,我回不去了。可是现在再说已经不是他山东的老家,现在他说的是在上饶的那个罢官家居的地方,他去年还在家居嘛,今年又被朝廷叫出来了。

所以有"故人书报,莫因循、忘却莼鲈"。你六十多岁了,年老体衰,还出来干什么呢?稼轩说:"谁念我,新凉灯火,一编太史公书。"你们有谁真的了解我?现在说的已经不是回到莼羹鲈脍的这个老家了,是回到上饶,稼轩已经放废家居二十年,这个六十多岁的老人,不老老实实在上饶待着,还跑出来干什么?你们怎么晓得,你们怎么理解呢?"谁念我",你们谁真的理解我?知道我为什么如此?"新凉灯火,一编太史公书",已经到秋天了,在那秋风寒冷的夜晚,我对着一卷古书,对着灯火,我看的是什么?我读的是一编太史公书。"太史公书"是什么意思?不是说辛弃疾就要研究历史了,司马迁写过一篇很有名的文章,叫《报任安书》,很长的一篇文章。它里面说什么呢?太史公因为替李陵说话,受到汉武帝的惩罚,受了宫刑,就是男子以为最屈辱的一种刑罚,所以他给他的朋友任安——任少卿写信。说古今的刑罚没有比宫刑更令人屈辱的、更残酷的了,我为什么以非其罪的罪名受了这么屈辱的刑罚,我为什么当时不能自杀?因为我下了一番功夫,"网罗天下放失旧闻","亦欲以究天人之际,通古今之变,成一家之言"。我的《史记》,我要完成这么一部伟大的书,我已经搜集了很多材料,我还没有写完就遭遇李陵的灾祸,就受了宫刑的屈辱,我宁可忍受人生难以忍受的屈辱,为什么?因为我有一部理想的书还没有写成。你们都说我六十多岁,干嘛还出来做事呢,你们谁想到，我有我要完成的东西，我还没有完成，我总希望有一个最后的机会能够把它完成。不但是在会稽这里，后来稼轩到南京附近去做官，他还置办了红衲袄，就是红色的棉袄，他还准备渡江杀贼，这是辛弃疾。所以他这个词里面有很多的悲哀和感慨，你们劝我，"故人书报，莫因循、忘却莼鲈"，可是"谁念我，新凉灯火，一编太史公书"。我忍辱，忍受一切的苦难羞辱，忍受一切的劳苦，因为我总希望万一，万一我能够完成一些什么呢？

所以他在会稽作这首词以后，朝廷让他知建康，让他到建康，他还筹备：我要做很多棉袄，我要渡江，我还要收复失地。可是辛弃疾，六十六岁就死了，所以这就是他的悲剧。一个人功业未成，就算他功业成了，历史上能够永远是南宋吗？宋朝以来我们换了多少朝代。稼轩没有完成他南宋复国的功业，可是他给我们留下的这几卷词却流传千古。曹丕有一篇文章《典论·论文》，他说文章是"不朽之盛事，年寿有时而尽，荣乐止乎其身……未若文章之无穷"。所以司马迁留下了《史记》，成为我们千年万世都永远怀念、感激和尊敬的太史公。稼轩的功业没有完成，但是稼轩给我们留下这几百首词，那真是让我们千古以下读之奋发感动，所以这是了不起的。

苏东坡词风豪放，就像我们刚才念的他那些好词，"有情风、万里卷潮来，无情送潮归。问钱塘江上，西兴浦口，几度斜晖"（《八声甘州》），还有"似花还似非花，也无人惜从教坠"（《水龙吟》），却写得低回婉转，他在政治的迫害之中，在他不得意的委屈的冤苦之中，他有这些哀怨，但是他不能明说。我们中国的文学史上留下这种特殊的形式，就是词的形式，词是最微妙的，是最适合于表现君子幽咽不能自言之情，这种德行，无以明志，我说那是"弱德之美"。我们大家都知道努力向前，这是德行。委曲求全、隐忍，而在委屈之中，我还持守了我的一个品格，我的一个理想，就是"弱德"。"弱德"这个名字是我提出来的。我说苏东坡一生忠爱，没有得到皇帝的任用，辛弃疾更是一生忠爱，壮志未酬，二十年放废家居，他的理想是收复失地，他们的词中都有"弱德"。

——朱彝尊

●● 朱彝尊字锡鬯,号竹垞,他不只是词人,还是清朝一个有名的学者。朱彝尊写了很多著作,对经史子集无所不通,可是在他所有的著作里面,有一卷小词是被陈廷焯所极端赞颂的。陈廷焯写了一部词话叫《白雨斋词话》,而朱彝尊是清代有名的学者,也是词人。陈廷焯说竹垞的《江湖载酒集》"洒落有致",《茶烟阁体物集》"组织甚工",《蕃锦集》"运用成语,别具匠心",这说的都是朱彝尊的词集。陈廷焯说,他虽然有这么多词集,也都不错,"然皆无甚大过人处",可是都没有特别过人的好处,"惟《静志居琴趣》一卷",只有十几首词,"尽扫陈言,独出机杼,艳词有此,匪独晏、欧所不能,即李后主、牛松卿亦未尝梦见,真古今绝构也,惜托体未为大雅"。这一卷词被陈廷焯这么赞美的,是爱情词,而且讲的是一种不被社会所承认的爱情,那是什么爱情呢?朱竹垞生在明末清初,本来是世家子弟,他的先世在明朝做了很高的官,所以当明朝败亡了,清朝入主中原了,他们都替明朝守节,不肯参加清朝的科考。他的先祖功业虽然大,但是为官清廉,所以朱彝尊生活非常清贫,娶不起媳妇。今人恐怕也是如此,你要娶媳妇,她跟你要这个要那个的,古人也是,娶妻子,你没有聘礼,凭什么娶媳妇。朱彝尊家里拿不出聘礼,可是古人说的不孝有三,无后为大,你还要结婚,怎么样呢?就由有钱的人家招赘一个女婿。所以朱彝尊就被招赘了,就做了人家的一个倒插门的女婿。

而那个时候你要知道,朱彝尊学问虽然好,他不参加科考,就没有官做,没有官做,他一个士子能做什么呢?他只能做一些家庭的儿童教师,生活非常艰苦,所以他倒插门的这家人很看不起他。这户人家为什么要招倒插门的女婿呢?因为这一家生了六个女儿，没有儿子。与他结婚的是大女儿，大女儿大概十五六岁，朱彝尊大概十六七岁就结婚了。他家六个女儿，这个大女儿下面有五个妹妹，最小的一个妹妹很小，还不到十岁。那朱彝尊到家里就是个姐夫，他既然教书，所以这个小女孩就跟他念书。他教她写字，教她作诗，这女孩慢慢长大了。而且这女孩非常聪明，字也写得好，诗词也写得好，所以两个人就有了感情。本来按照古代习俗，姐妹嫁一个人，这是自古有之。帝舜娶的娥皇、女英，就是姐妹嘛，这本来是顺理成章的，可是这个丈母娘说我一个女儿嫁给你这么一个穷酸的人，已经赔了本了，我还有女儿要嫁给你吗？当然不可以。所以两个人虽然有感情，但是不能够成为夫妻，所以这十几首词所写的，都是他跟这个女子的感情。而且你从他所写的可以看出，他从这个女孩子很小的时候就对她有感情，可是一直在礼法的约束之中，我们就把这几首词念一下吧。第一首《清平乐》：

　　齐心耦意，下九同嬉戏。两翅蝉云梳未起，一十二三年纪。　　春愁不上眉山，日长慵倚雕阑。走进蔷薇架底，生擒蝴蝶花间。

　　这写的就是一个小女孩。这个"齐心耦意"还不是说朱彝尊跟这个女孩，是古代的女孩子的一个游戏。她家里不是有好多姐妹嘛，这些女孩子"齐心耦意"，在下九，每月十九日一同嬉戏。这个女孩还留着童发呢，披散着头发，还没有梳一个高髻呢，"两翅蝉云梳未起，一十二三年纪"。不懂得什么叫愁，所以"春愁不上眉山"，是个小孩子。"日长慵倚雕阑"，日常

永遇樂 金風亭長

齊心耦意下九同
嬉戲兩翅蟬雲
櫛沐起二十三
年記春愁不上
眉山日長慵倚
雕闌支迤薔
薇架底生擒
蝴蝶花間

己亥处暑圓云

无事就靠在栏杆上，忽然间看到一只蝴蝶，走进蔷薇架底，"生擒蝴蝶花间"，就抓来一只蝴蝶。这个女孩子是无心，可是朱彝尊是从那个时候就欣赏这个女孩子了。

第二首《四和香》：

小小春情先漏泄，爱绾同心结。唤作莫愁愁不绝，须未是、愁时节。　才学避人帘半揭，也解秋波瞥。篆缕难烧心字灭，且拜了、初三月。

他写这个女孩子慢慢地成长了，"小小春情先漏泄"，我怎么知道这个女孩子内心情窦已开呢？因为她喜欢绾同心结，没事绾个同心结。"唤作莫愁愁不绝"，古代有一个女子叫莫愁，他看到这个女孩子隐约有一点愁思幽怨，可是她还很年轻嘛，"须未是、愁时节"。"才学避人帘半揭"，小孩子没有什么忌讳，她现在懂得在年轻的男子面前要躲避，害羞了，所以她是"才学避人"，可是她又偷偷从帘子里面看，"帘半揭"，"也解秋波瞥"，有时候也看我一眼。"篆缕难烧心字灭"，古人烧香有一种心字香，他说他烧香易灭，这是没有感情，没有表现出来感情。"且拜了、初三月"，月亮还没有圆呢，古人都喜欢拜月亮。

下面一首《菩萨蛮》：

低鬟十八云初约，春衫剪就轻容薄。弹作墨痕飞，折枝花满衣。　罗裙百子褶，翠似新荷叶。小立敛风才，移时吹又开。

"低鬟十八"，"八"字是入声。现在这个女孩子已经差不

▶

《清平乐》 金风亭长

齐心耦意，下九同嬉戏。
两翅蝉云梳未起，一十二三年纪。

春愁不上眉山，日长慵倚雕阑。
走近蔷薇架底，生擒蝴蝶花间。

己亥春分　圆云

多十八岁了,所以"低鬟十八","云"是说她发如云,以前都是散着头发,现在就盘一个髻了。"春衫剪就轻容薄",她穿了一件新衣服,很薄的新衣服。衣上撒了一片黑色的花,"弹作墨痕飞,折枝花满衣"。这都是从一个男子欣赏的角度来描写的。"罗裙百子褶",百褶的罗裙嘛,"翠似新荷叶",这个绿色的裙子跟荷叶一样绿。"小立敛风才,移时吹又开。"她站在那里,这百褶裙就垂下来,一阵风吹这个裙子又掀起来了,这是非常生动的,这是他对那个女孩子的欣赏和描写。

因为她长大了,所以平常他们就不能够接近,可是有一次他们搬家,江南的人搬家是坐船的,所以他就有机会跟这个女孩子坐在一条船上,就写了下面的这一首《鹊桥仙》:

一箱书卷,一盘茶磨,移住早梅花下。全家刚上五湖舟,恰添了、个人如画。　　月弦新直,霜花乍紧,兰桨中流徐打。寒威不到小蓬窗,渐坐近、越罗裙衩。

"一箱书卷",书生搬家就是书最多,"一盘茶磨",古人讲究喝茶,有那团茶、盘茶,还有磨,"移住早梅花下",搬到一个有梅花的地方。"全家刚上五湖舟",全家都要搬家,所以有他的妻子,还有他那些姐妹家人,"恰添了、个人如画",他就忽然间发现这个女孩子也在船上,全家搬家嘛,他平常已经没有办法接近她了。然后他说"月弦新直","月""直"是入声字,这个月亮,半月,刚刚是一半的月亮,所以是个弦,新直,差不多是初八的样子。"霜花乍紧",已经是十一月了,所以外面天气很冷,"兰桨中流徐打",你就安安静静听这个桨打水的声音。"寒威不到小蓬窗,渐坐近、越罗裙衩。"我不觉得这次搬家是寒冷的,是孤单的,为什么呢?只因为"渐坐近、越罗裙衩",只因为我现在才有一个机会能够跟那个穿着罗裙的女子坐得比较靠近。

后面一首《眼儿媚》:

那年私语小窗边,明月未曾圆。含羞几度,已抛人远,忽近人前。 无情最是寒江水,催送渡头船。一声归去,临行又坐,乍起翻眠。

他说有一年,他们两个人曾经有一次在小窗边私语,"明月未曾圆。含羞几度,已抛人远,忽近人前"。就是他不敢跟她私人谈话,只有想象跟她谈话。"无情最是寒江水,催送渡头船。一声归去,临行又坐,乍起翻眠。"这是他们两人要分离的时候。

这个女孩子其实后来被她的母亲许配给一个有钱的人家。朱彝尊曾经写了很长的一首诗,五个字一句,十个字一个韵,押了二百个韵,《风怀二百韵》,那是冠绝古今的一首长诗,都是写他跟这个女孩子的故事。他这首词说,"无情最是寒江水,催送渡头船",她要走了,"一声归去",说了一声归去,"临行又坐,乍起翻眠",他舍不得走,两个人舍不得分离,可是没有机会,什么话都不能说,所以就写他那种悲哀不安的样子。

后面一首《城头月》:

别离偏比相逢易,众里休回避。唤坐回身,料是秋波,难

▶
小小春情先漏泄，爱绾同心结。
唤作莫愁愁不绝，须未是、愁时节。

才学避人帘半揭，也解秋波瞥。
篆缕难烧心字灭，且拜了、初三月。

《四和香》 朱彝尊词
　己亥　萧丽

▶
那年私语小窗边，明月未曾圆。
含羞几度，已抛人远，忽近人前。

无情最是寒江水，催送渡头船。
一声归去，临行又坐，乍起翻眠。

《眼儿媚》 金风亭长词
　己亥　圆云书于白楼

制盈盈泪。　酒阑空有相怜意，欲住愁无计。漏鼓三通，月底灯前，没个商量地。

"别离偏比相逢易，众里休回避。"本来离别是一件痛苦的事情，可是我们在别离的时候，比我们别的时间相会更容易，因为平常我们两个人，姐夫跟小姨子不能随便来往见面的，可是说要告别了，那全家都要告别，我才能光明正大地跟你站在一个房间。"唤坐回身"，她说请坐，客气的话嘛，她就转回身去了。"料是秋波，难制盈盈泪。"众人面前说了一声请坐，她就转回身去了，想来她是忍不住她的眼泪。"酒阑空有相怜意，欲住愁无计。"我们离别有一个宴席，等我们要散的时候，我希望她能够留住，但是"欲住愁无计"，她没有办法留，我也没有办法留她。"漏鼓三通，月底灯前，没个商量地。"

况周颐是清末民初有名的词人，他写的词话叫《蕙风词话》，他就说了，"或问国初词人，当以谁氏为冠"，有一个人问他，说我们清朝初年的词人，你认为哪一个人的词最好。"再三审度"，他说我考虑再三，那么多作者，那么多好词，哪个最好呢？"举金风亭长对"，"金风亭长"就是朱彝尊的别号，他说朱彝尊的词最好。"问佳构奚若？"那人说朱彝尊的好词，你举个例子给我们看一看。况周颐举《捣练子》，他记错了词牌，他举的这首词的词牌不是《捣练子》，是《桂殿秋》。

这首词说什么呢？

思往事，渡江干，青蛾低映越山看。共眠一舸听秋雨，小簟轻衾各自寒。

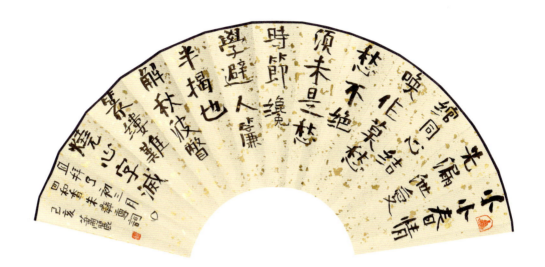

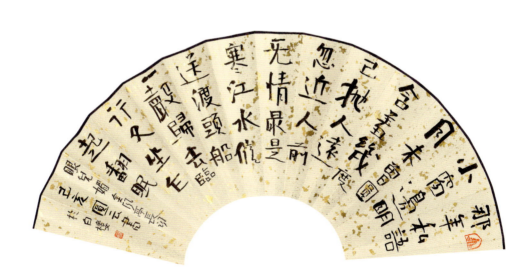

▶
朱彝尊词
思往事,渡江干,青蛾低映越山看。
共眠一舸听秋雨,小簟轻衾各自寒。

《桂殿秋》思往事
　己亥　圆云

　　朱彝尊说我记得当年难忘的一件事情,就是我们从江边坐船走的时候,"青蛾低映越山看","蛾"是蛾眉,古人说翠眉、黛眉,都是说眉毛的颜色跟远山的翠色、黛色一样。他说我想到很多年前的一件往事,就是我们全家坐船从江上经过,她美丽的眉毛,青蛾,映衬着背后远远的江南起伏的像翠黛一样的青山。"共眠一舸听秋雨",舸是一艘船,我们全家都在船上,我们那个时候就住在船上,所以晚上共眠一舸,舸就是一艘大船。晚上听到船篷外潇潇的雨声,你也不能沉眠,我也不能沉眠。"小簟轻衾各自寒。""簟"是席子,我的身下有一领竹席,你的身下也有一领竹席,我的身上盖着一个轻轻的薄被,你的身上也盖着一个轻轻的薄被,都在一艘船上,可是你要忍受你的孤独和寒冷,我也要忍受我的孤独和寒冷。

　　而这首词就因为没有写得那么切实,跳出去了,写了一个往事的印象,而且跳出去以后就不像刚才我们所念的那些词,被现实的情势所局限,所以就写出来人生的一个境界。这艘船也可以看作一种人生的相遇,我们大家都在人生的船上,你一家人,你父母、妻子、兄弟都在这一艘船上,我们都在这艘船上,可是你有你的悲哀,我有我的悲哀。虽然是亲如父母、子女、兄弟、姐妹,"小簟轻衾",那种孤独,那种寒冷,是你要自己承受的。所以有的时候人生里面有很难说的一种悲哀,一种幽微隐约的情意,是没有办法明白说出来的,用小词表现出来,就是这种美。因为它不是合乎伦理的,你不能说。杜甫是忠爱缠绵,辛稼轩是忠义奋发,光明正大,都可以说。但你这种感情也是很真挚的,也是很深切的,而且你一直是在礼法的约束之中,所以这是一种德,是一种"弱

德",是一种自我约束的、自我节制的美德。这个"弱德之美"是我起的名字,因为我在讲朱彝尊的这些词,我觉得它们很好,有一种德性,可是这也不是忠爱缠绵,也不是忠义奋发,也不能说什么理想志意,那这个美是什么美呢?这就是一种自我约束和持守的美,我管它叫"弱德之美"。在西方,有人问"弱德之美"用英文怎么说呢?是 the beauty of passive virtue,是一种 beauty,是一种美,是 passive 的,是消极的,是承受的,virtue 是一种品德,是"弱德"。但是我创造了这个词以后,不是只讲朱彝尊的词。我们中国千古以来的好词,大都属于"弱德之美",苏东坡的"似花还似非花",辛弃疾的"记去年袅袅,曾到吾庐",他们表现的都是强烈的节制、约束,在礼法,在国家的制度之下,你不能够言说,而你那种感情,不管你是对于国家的,是对于事业的,是对于爱情的,你有一种非常忠贞的持守的情意,而你没有办法讲出来,是要落在这样的环境里,你才写出最好的词来。所以"词"这种形式在中国文学的体式之中,我一直以为是非常奇妙的,它跟诗不同,诗,你可以都说出来,可是词是你说不出来的,你没有办法说的,而你有一种品格的持守,这种弱德是在词里面才能表现的。不只朱彝尊的词是"弱德之美",辛弃疾的好词、苏东坡的好词大都是"弱德之美"。晚清的时候,陈曾寿写过一首词。陈曾寿的祖先在清朝有很高的官职,也有很好的学问。陈曾寿身经了清朝的亡国,当然革命从现在说起来是开创新的时代,是好的。他做过溥仪的老师,还做过溥仪的皇后婉容的老师,他看到亡国的命运落在这么年轻的人身上。而婉容更是无辜的,婉容是一个非常有聪明才智,容貌也很美丽的女孩子,不幸被选到宫中。宣统一样是不幸,被慈禧太后接到宫中去了。陈曾寿对于宣统,对于婉容有私人的感情,所以他写了一首词,一个人要有最难以言说的感情才能写出好词来。可以说词是一种不幸的东西。王国维在《人间词话》中就说"天以百凶成就一词人",上天用一百种不幸成就一个词人,你没有办法说明的、不被别人所谅解的那种痛苦,最适合于用词来表现。

我们最后看一首陈曾寿的《浣溪沙》。他说,"修到南屏数晚钟",住在南屏山下,每天听到寺庙敲钟的声音,他说我真是几生修行才修到有这样的环境,能够在南屏山下,还不是听晚钟,是数晚钟,真是寂寞,真是无聊,真是伤心,一声一声的钟声打在我的心上。"目成朝暮一雷峰",我眼睛所看到的,"目成"出于《楚辞》的《九歌》,说我眼睛一看,我就爱上它了,那叫"目成"。他说我眼睛早晚所看到的,我所爱的就是那个在山上独立的雷峰塔。"缥黄深浅画难工",你看那雷峰夕照,那天边的暮云晚霞的景色,"缥黄深浅",画家都画不出来这么美丽的颜色。可是雷峰塔倒了,这是现实,雷峰塔倒了,在他眼前倒的。"千古苍凉天水碧",西湖是一湖的碧水,这个塔立着,上面是云,下面是湖水,它是千古苍凉,是天水碧,它留在碧天碧水之间。"一生缱绻夕阳红",你一生中有什么不可留恋?"缱绻"是多情不能解开,他说"一生缱绻"是雷峰塔的缱绻,也是我陈曾寿的缱绻,就是那个"缥黄深浅"的塔的背影的那些云影片光。可是这里面其实有很多的含义,所以大家读词要有很丰富的知识做底色。这个"天水碧"有一个典故,传说在五代十国的时候,南唐偏安江南,是灭亡得比较晚的,前面的北方那些国老早就被宋朝统一了。

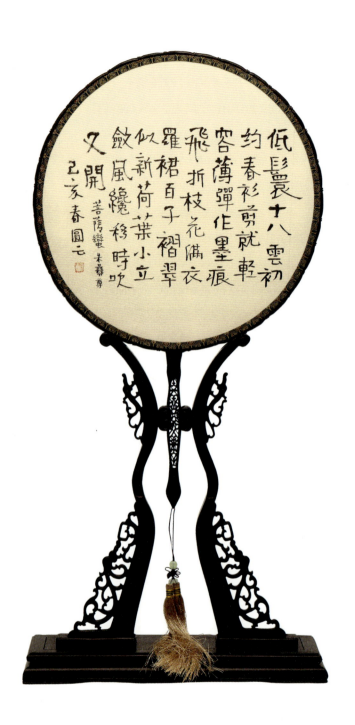

这个时候，你知道南唐的人都是喜欢歌舞的，不管中主还是后主，那些宫女、舞女是很多的。她们很讲究穿衣服，杭州也出丝绸，她们就把那丝绸染成碧蓝的颜色。而有天晚上她们忘记收回来了，这个染色的蓝色的丝绸就挂在外面，经过了一夜，被露水洒湿了，第二天看到这次所染的碧色特别鲜明美丽，她们就把这种蓝颜色叫作"天水碧"。是天上的露水染出来的，所以是"天水碧"。可是历史上还有一个传闻。"天水碧"，这个碧蓝的"碧"字是个入声字，"逼迫"的"逼"字也念入声。一个巧合就是宋朝的皇帝姓赵，赵姓的郡望是天水，天水赵氏，而碧蓝的"碧"跟逼迫的"逼"谐音，所以就是注定南唐已经在北宋的势力之下走向灭亡了。而现在陈曾寿用了这三个字，一方面是眼前的景色，蓝天碧水，雷峰塔所面对的"千古苍凉天水碧"，也是清朝的灭亡。"千古苍凉天水碧，一生缱绻夕阳红"，是雷峰塔对夕阳的缱绻，也是陈曾寿对雷峰塔的那个天光云影的"缥黄深浅"的留恋。而同时，"夕阳红"是一个没落的王朝，溥仪给日本做了傀儡，我对于溥仪，对于婉容，居然还有不能舍却的感情。而现在雷峰塔倒了，"为谁粉碎到虚空"，我这一段留恋的感情都不能留住，粉碎了，一切都是虚空，一切都落空了。"为谁粉碎到虚空"，非常悲哀而有深意，含义非常深厚，他把破国的、亡国的感情，还有对于溥仪种种的感情，对于雷峰塔的感情，都写在里面了。

　　小词是很难说清的，它不像诗可以说"致君尧舜上"，它是非常幽微婉曲的，这是小词，所以是"弱德之美"。

低鬟十八云初约，春衫剪就轻容薄。
弹作墨痕飞，折枝花满衣。

罗裙百子褶，翠似新荷叶。
小立敛风才，移时吹又开。

《菩萨蛮》朱彝尊
己亥春　圆云